KB209480

김흥순 세 번째 작품집

황혼의 뜨락

헐리우드 유니버셜 스튜디오 앞에서

동산문학사

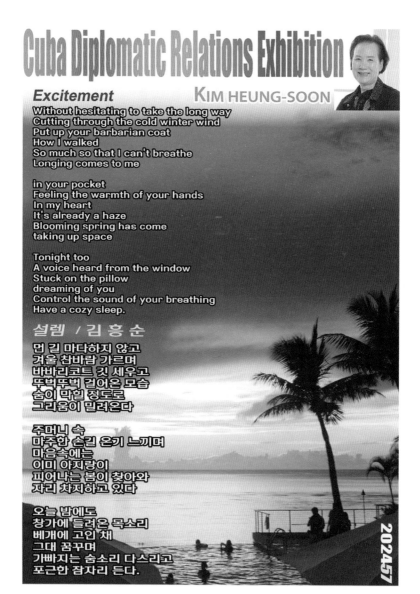

Cuba Diplomatic Relations Exhibition

Excitement

KIM HEUNG-SOON

Without hesitating to take the long way
Cutting through the cold winter wind
Put up your barbarian coat
How I walked
So much so that I can't breathe
Longing comes to me

in your pocket
Feeling the warmth of your hands
In my heart
It's already a haze
Blooming spring has come
taking up space

Tonight too
A voice heard from the window
Stuck on the pillow
dreaming of you
Control the sound of your breathing
Have a cozy sleep.

설렘 / 김흥순

먼 길 마다하지 않고
겨울 찬바람 가르며
바바리코트 깃 세우고
뚜벅뚜벅 걸어온 모습
숨이 막힐 정도로
그리움이 밀려온다

주머니 속
마주한 손길 온기 느끼며
마음속에는
이미 아지랑이
피어나는 봄이 찾아와
자리 차지하고 있다

오늘 밤에도
창가에 들려온 목소리
베개에 고인 채
그대 꿈꾸며
가빠지는 숨소리 다스리고
포근한 잠자리 든다.

202457

한국-쿠바간 외교전시회에 실린 글

노을의 길목에서

환상의 리듬 휘감고
달콤한 밀어 속삭이며
마음이 쉬어가는 석양 길
나그네 길동무 인생의 끝자락에
은은히 흐르는 보금자리
아름다운 향기로 다가온다

시인 김 흥 순

하이얀 그리움
아스라이 밀려오고
정겨운 미소 달고
아름다운 노을처럼
삶의 무게가 버거워질 때
은은한 차 향기
햇살처럼 다가온다

갈망의 눈빛 촉촉이
내 뜨락에 저미어 오며
청실홍실 고운 향기 수놓아
짙어가는 그리움
꿈길처럼 맞이하러 간다.

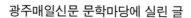

광주매일신문 문학마당에 실린 글

<황혼의 뜨락> 책을 펴내면서

행복이 묻어나는
아름다운 동행
손을 잡으면
마음마저 따뜻해지는

가을 하늘만큼이나 투명한 햇살처럼
내 가슴에 다가와서 깊숙이 머무는 사람
가슴에 무한정 담아두어도
세월이 흐를수록 진한 여운으로
다가오는 포도주 같은 그리움

아름다운 인생의 길동무
살며시 건너와 달콤한 입맞춤에
고즈넉한 마음의 미소이어라

추억 속에 쌓이는 따스한 품속으로
내 뜨락에 살포시 내려앉는다

향긋한 커피 향처럼
내 안에 포근히 끌어안고
향기로운 밀어로 채색하며
서서히 다가오는 느림의 미학으로

소중한 세월의 흔적을 사랑의 수를 놓는다.

노을빛 황홀한 무지개를 향하여
영혼에 드리운 목소리로
고운 꿈길을 엮어
인생의 빛나는 황혼

삶의 기쁨을 마음껏 누리는
알찬 열매를 거두는 행복한
인생의 가장 찬란하고 멋진
노년의 저녁 햇살 아래에서
가슴 뭉클한 감동을 황혼의 뜨락으로
그대를 초대합니다.

- 김흥순

어머니! 세 번째 작품집
출간을 축하드립니다

사랑하는 어머니!
황혼의 뜨락 작품집을 축하드립니다.
인생의 황혼기에 삶을 회고하는 시와 수필들은
저자의 따스한 시선으로 바라본 세상으로
독자를 초대합니다.

평생을 교육에 헌신하며 살아온 지난날 가운데
함께 걸어온 벗들을 기억하며 자신의 삶을
되돌아볼 수 있는 현재를 당연히 여기지 않는 감사로
삶의 의미를 재발견하고 있습니다.

삶의 순간순간을 세밀하게 들여다보지만
메마르지 않고 정감 있고 서정적으로 표현할
수 있는 이유는 무엇일까요?

아쉬움과 미련이 남을 수밖에 없는 우리의 인생
황혼기에 한가로움으로 안주하지 않으며
현재의 저자와 과거의 저자가 사랑의 마음으로
주고받는 애정의 소통을 통해 회고해 보는 시간을
포착합니다.

아들 가족 사진

이러한 과정은 사람의 내면을 깊이 들여다
보게 하며 감정의 미묘한 변화들을 스쳐
지나가지 않게 하여 우리의 삶이 지닌 깊이와
무게를 생각하게 합니다.

이렇게 형성된 이해와 신뢰 그리고 깊은
감정적 유대는 따스한 저자의 시선을 통해
새로운 삶의 가치와 의미를 발견하게 합니다.

건강함으로 글 쓰는 즐거움을 독자들과 함께
오래 누릴 수 있기를 기대합니다.

섬세하고 따스한 글을 통해 독자들에게 깊은 울림과
여운을 계속해서 가져다 주시기를 기원합니다.

— 밴쿠버에서 아들 진원 올립니다.

| 차 례 |

제1부

제2부

제3부

김흥순 세 번째 작품집 - 황혼의 뜨락

제4부

제5부

제6부

제7부

제8부

제 **1** 부

그리운 어머니

숨소리조차 그리운 고향 집 사립문을 열면 정든 토담집
달빛 모으던 창살 사이로 국화꽃 문양
추억으로 그리움 삼킨다

당신의 인고의 세월 어찌 잊으리
한결같은 그 사랑 가슴까지 저려오고
부르기만 해도 따스함이 넘치는 어머니 사랑
섬김을 통하여 고난을 극복한 사랑받기에 아름다운
인내의 결실이 풍성한 마음이어라
겸손이 이길 수 있는 힘이 되고
베푸신 사랑 붉게 타올라 우뚝 선 세상의 빛이어라

자식 걱정 때문에 밤잠 이루지 못한 어머니
그리움이 서서히 다가와 보고픔으로 아른거린다

당신의 아름다운 사랑으로
넓고 따뜻한 가슴으로 감싸주며
평생을 희생해 오신
나의 어머니!
지금도 그 목소리 쟁쟁하게 귓가에 들리고
따스한 그 손길이 그립습니다

호탕한 성품에 당당한 우리 어머니

어머니가 칠십 평생을 사셨던 고향 집에
오늘은 형제자매가 모였습니다.

그리움 가득한 고향 집에
어머니와 함께 쌓였던 추억들
쉬이 잊히지 않고 영원히 남아 있는
어머니 사랑
당장 대문을 통하여 어머니가 들어오시는 것만 같습니다

더할 수 없이 사무치는 그리움 받기만 한 그 사랑
끝없는 자애와 헌신으로 자녀를 위하여 일생을 보내셨던
어머니!
날이 갈수록 선명하게 기억에 남아 있고
바람도 마당 가득 장독대 옆에
봉선화 만발 햇살 비추는 뜨락
형제자매 때 묻은 추억 바람이 날고 간
고샅길 사이로 외로움 살며시 내려앉아
사무치는 그리움이 밀려올 때면

주인 떠난 지 오래인데
억겁의 세월 친정집 추억이 그리움으로 맴돌고
힘들고 지칠 때 생각만 하여도 위로가 되는
나의 어머니.

기억력이 희미해져 가는 동생

초등학교에 4학년 때 순천으로 유학을 간
동생과 어린 시절 함께한 시간이 적어
늘 그리움으로 남는다.
평소에 기억력이 좋고 책 읽기를 즐기는 동생

오늘도 제부는 동생의 손을 꼭 잡고 차에 오른다.
제부 손길이 아니면 모든 일상을 할 수 없는
어린아이가 되어버린 동생
제부는 지극 정성으로 아내의 건강을 보살핀다
몇 년 전부터 제부는 시력이 좋지 않아
운전을 할 수 없어 교회 갈 때는
동생 내외와 동행을 한다

목사님께 선물할 사과를 사면서
처형도 수고하였다고
사과 한 상자를 선물로 받았다
선물을 받지 않아도
난
이미 마음의 선물을 받았는데
무엇으로 귀한 은혜를 갚을까?
동생 생일 선물로
피아노를 친 축하 동영상을 만들어 볼까

어린이집을 운영할 때부터
나와 함께한 낡은 피아노로
실력 발휘를 해 볼까

몇 년 전 동생 72번 생일 선물로
동영상을 만들어 보냈더니
조카들한테서 댓글이 왔다
이모 감사합니다

그 동영상을 만들면서
나 역시
많이 울었던 기억이 난다
얼마 전 제부가 그 동영상을
다시 보고 싶다고 보내 달래서
감사하는 마음으로 곧장 보내 드렸다

동생 생일이 다가오고 있으니
상기하고 싶어 설까
동생은 세 자녀를 두어 의사, 학자
사회에서 빛을 내고 효도하고 있지만
부모의 건강은 어쩔 수 없는 것 같다

온 가족이 동생의 쾌유를 위하여

기도하고 있지만
이미 많이 망가진 건강을
되찾긴 어려운 일이 아닐까

건강이 얼마나 중요한지
다시 한번 돌아보는 시간이고
동생 건강이 더 나빠지지 않고
우리들의 기억 속에서
서서히 사라지는 것이
언니의 소망일까

어서 건강을 되찾아 너와 함께 손을 맞잡고
부모님의 산소도 찾아뵙고 부모님의 숨결이
살아 숨 쉬는 고향 들길도 거닐고 싶단다.

- 동생을 사랑하는 언니가

100세 시대

골골 구십이란 옛말처럼
사계절을 비유한다면
팔십을 바로 본 나는
저만치 하얀 눈이 내린
아름다운 겨울이
나를 오라고 손짓한다

세상엔 노인은 천지고
병원은 여기저기 다녀야 하고
아픈 자의 불안한 마음은
밤잠을 설친다

인명은 재천
하늘에 달려있고
밥 잘 먹고 운동 잘하면
그게 최고라고 걱정하지 말라는
의사 말 한마디에 위로가 되지만

나이가 들면 맘이 나약해져서
조그만 병도 겁이 난다

아파서 1~2달 누워있으면
근육이 다 빠져서 걷지 못하고

우울증이나 무기력증으로
이어진다

점점 사라지는 근육들
방치하면 큰일 난다
건강하고 행복한
노년기를 아름답게
보내기를 기대해 본다

인간은 태어나는 순간
죽음으로 시작된다
죽음과 함께 생각하는 삶은
보람된 삶을 살 수 있을 것이고.
의학의 발달로
건강백세가 되는
세상으로 바뀌고 있다

희로애락이 얽히고 설켜 있는
세월의 두께에 억눌려
주름살만 켜켜이 쌓이고
장엄하게 하늘을 물들이는
찬란한 주황빛 노을

서산에 기울어 가는
황혼기에 오래된 인생
웰니스, 웰빙, 행복, 건강으로
삶을 추구하길….

까막눈

까막눈인 우리 어머니
자식들이 손에 책만 들고 있어도
시골 일들이 산더미처럼
밀려 있어도

당신 혼자 해결하고
공부하려고 일을 시키지 않고
그 버거운 일 혼자 다 하시고

구정이 지나면
보리밭 김매기 시절
추위에 겨울 일꾼들의
새참 준비를
조카들과 고구마를 찌고

물 주전자를 들고
밭에 도착하면
나보다 더 어린 친구들이
김을 매고 있었다

두레나 품삯을 주면서
그 고통을 자식들에게
물러 주기 싫어서

당신이 배우지 못한
대리 만족을 하셨던
어머니

내 생전 처음
자가용을 구입하여
어머니를 모시고
시골 고향길을 가는데
내비게이션 되어 주신
어머니

자식들 객지로 유학 보내놓고
하루가 멀다 하고 이고 지고
다니는 길이라서
내비게이션보다 더 정확히
길을 알고 계셨다

하늘나라에서도 자식들의
내비게이션이 되어 주신
생각하여도 그리운
어머니 사랑은
언제나 따뜻한 고향이다.

나누며 살아요

월드쉐어 겨울호가 도착했다
국제 구호 단체로서
전 세계의 고아들과
어려운 이웃들을 돕는 기관이다

어려운 환경 속에서도
꿈을 꾸는 아이들에게
국경 없는 나눔을 실천하며
가난과 재난으로 고통당하는
이들에게 국경을 초월해
사랑을 실천하는 곳이다

경제적 어려움 때문에
기초적인 교육조차 받지 못하는
아이들에게 세상을 변화시킬
공감이 필요하다
월드쉐어를 통해
희망찬 변화가 이어지길 바란다

지금도 전 세계는
가난 전쟁 재난들의 이유로
하루 한 끼조차 먹지 못하는
아이들이 너무 많다

아이들은 차별을 느끼지 않으며
자랄 권리가 있다
소중한 마음을 나눠
추운 겨울 포근한
사랑이 이어가길 바란다

나의 작은 기부로
아이들에게 적으나마
힘이 되어 주고 있다니
감사할 뿐이다

월드쉐어는 앞으로
더 많은 국가가 참여하여
나눔으로 놀라운 변화가
일어나길 응원한다.

내 고향 장승포

뜨거운 햇살이 내리쬐고
파도가 끝없이 부서지며
바닷물이 밀려들고
하얀 모래와 푸른 바닷물

끝없이 펼쳐진 바다 향기
두 팔을 벌리면
세상을 모두 품을 듯
내 고향 장승포 해수욕장
푸른 바다가 그리워진다

간척지로 변한 지 오랜 세월
득량만 간척지는
거대한 농토가 되었고
넓은 갯벌은
곡창지대로 자랑하고
기름진 쌀은
내 고향 자랑거리다

얼마 전 죽마고우들과
장승포 횟집에 모여
어릴 적 추억으로
시간 가는 줄 모르고

설레는 맘을 가라앉히고
동화 속 세상 착각에 빠져
빼곡하게 채워진 그리움
바람이 머물고 간
아련한 추억이 담겨있는
내 고향 장승포
파도 소리가 귓가를 스친다.

떡국

새해 아침부터
떡국을 먹으러 가잔다

걸어서 5분 거리
오천 원짜리
새해맞이 이벤트
주민들에게 서비스로
떡국을 대접한다

줄을 서서 대기한 인파
새해를 맞이한 사람들
얼굴에 웃음이 가득
우리는 2층으로 안내를 받았다

점심 특선 메뉴
한우 전골도 저렴하게
단골손님에게 대접하여
종종 들리는 곳이다

깔끔한 분위기
양도 풍성하다

지난 7월

동산문학 이사회
모임을 가졌던 자리다

나 역시 이 자리에서
동산문학 임원진과
편집 의원님을
점심 대접을 했던 적이 있다

남편은 일주일에 한 번씩
친구와 함께 점심 특선을 먹곤 한다.

새해 첫날부터
남편과 함께한 자리가
나를 미소 짓게 하고
갑진년 한 해가
복되게 이어 갈 것이라 믿는다.

며느리 생일

오늘은 며느리 생일이다
축하금을 보냈다

감사하다는
답글이 왔다
아이들의 자라는 모습을
보여 드리지 못하여
미안하다고 하였다.

친정어머니가
멀리 캐나다에서
아이들을 키워 주시는 것이
감사하여
식사 대접이라도
하여라 하고
송금하였지만
친정어머니의 노고에
비교가 될까나

종종 아이들의 커가는 모습을
사진을 보내오면
나는 눈으로 호사를 한다

사위와 딸을 위하여
멀리 외국에서
우리 손자손녀를
잘 키워 주신
사돈어른께 감사하며

워킹 맘으로 고생하며
가정에 공이 큰
며늘애가 고맙다.

별빛이 되어

네가 태어난 날 우리에겐 큰 기쁨이었다.
손이 귀한 집안이라서
너는 많은 사랑과 귀염을 받았지

30여 년 교사 생활을 정년하고
고향을 지키겠다고
고향 선산 옆으로 돌아간 너

할아버지가 지켜온 고향으로
돌아간 너는
가장 먼저
조상 묏자리를 평장으로 모셨고
조상을 추모하는 너의 효성을 보고
주위 사람들의 칭송이 자자하였지

그러나 갑작스러운 너의 비보에
남겨진 유족들의 애달픔과
우정으로 쌓아온 친구들의
사무친 애도에
너무도 당황스러웠다

너와 사랑하면서
살아갈 시간이 아직도

많이 남아 있는데
62년 이란 짧은 생으로
너를 보낸 아픔이
숨이 멈출 것 같은 먹먹함을
어이 할까
너의 빈자리가
이렇게 큰 줄 몰랐구나

모든 것을 내려놓고
떠난 너에게
밤하늘에 쏟아지는
별빛이 되어
머지않은 훗날 만나자꾸나.

생일 선물

정성이 가득한
미역국과 케이크
마음의 선물로
행복한 하루를 시작한다

구정을 앞두고
다친 손목이
영 부자유스럽다

물리치료를 받으며
근육 강화를 하지만
당분간은 보호대가
필요한 것 같다

근사한 곳에서
점심을 마치고
극장으로 향하였다

젊은 사람으로
가득한 가운데
영화 감상은

따뜻한 봄날처럼

가장 로맨틱한
데이트였다

며칠 전 남편이
서울을 다녀온 후
수표 몇 장을 건네주면서
반지를 하련다

주름진 내 손이
호사를 한다.

선물 세트

멀리 캐나다에서
며느리가
선물을 보내왔다

콜라겐 가득한 미백 크림에
은수저가
아름다운 포장까지
감동의 선물이다

콜라겐은 아름다움을 추구
은수저는 장수의 상징

77번째 생일 선물
더 아름다워지고
더 장수하여
너희들에게 짐이 되지 않도록
노력해 보련다

얼마 전 이사를 하여
아들 며느리가
많은 고생을 하였다

한국의 이사 문화는

이삿짐센터에서
포장 이사로 편리하다

나라마다 이사 문화는 다르겠지만
캐나다는 개인이 각각 포장을 해
싸고 풀고 손길이 많이 간다고 한다

며느리는 그 후유증으로
15일간 앓아누워
많은 고생을 하였다 한다

이국만리에선
가장 소중한 건 건강인데
그 와중에
선물 보낼 생각을 한다니
눈물겹도록
고마운 마음
그
감사함을 지면 위에 띄워본다.

설 선물

멀리 서울 친구
죽마고우한테서
떡국이 도착하였다

해마다 추석과 설 명절에는
빠지지 않고 연례행사처럼
선물을 보낸 친구들이
참 고맙다

친구가 있다는 것은
또 하나의 인생을
갖는 것이라 했다

언젠가는 고향 친구들을
서울까지 초대해
점심 식사 대접을 받았고
머리는 희끗희끗
주름진 얼굴에도
어린 시절 동심의 마음
짧은 만남에 아쉬움은 컸지만
노잣돈까지 쥐어져
훈훈한 추억들

또 만나자고 약속한
친구의 말이 귓전을 울리고
그
약속이 쉽게 이루어질지
하는 의구심이 든다
그러나
우리는 꼭 만나야 한다.

스크린골프

영하의 매서운 날
남편과 함께
운동을 하러
집을 나선다.

골프장에 도착하니
사장님은 우리를 반기며
따뜻한 홀로 안내한다.

운동 시작한 지가 수십 년
싱글매치로 대항을 시작한다.

버디는 만원
언더는 십만 원을 규칙을 정한다.

우리는 막상막하
오르락내리락
서로의 박수를 보내며
게임은 진행된다.

골프를 가리켜
매너 스포츠라고 한다.

심판이 없는 스포츠이며
자기에게 엄격하고
상대를 배려해야
훌륭한 골퍼라 한다.

우리는 올 스코어로
게임을 마무리했다

어젯밤 습작 때문에
늦게 잠든 나에게
아침에 믹서기
돌아가는 소리
남편의 섬세한 배려로
단잠을 밀어내고
오늘도
운동갈 준비를 서두른다

노후에 이렇게
건강을 지킬 것이며
낭만적인
이 스포츠를
그이와 함께 이어갈 것이다.

안부

멀리 캐나다 아들한테서
유선 따라 들려온 안부
주름진 남편의 얼굴엔 미소가 퍼진다.

하루하루를 노심초사 걱정인 어버이 마음
애들은 잘 있느냐
너희 부부는 어떠니
영국에 있는 동생은 딸 안부까지 챙긴다

정겨운 목소리가 삶의 활기를 넘치게 하고
보이지 않는 얼굴 속엔 묻고 묻는 안부가
그리움으로 큰 울림이 온다

탯줄을 끊고 세상에 우렁차게 태어난
그 기쁨 생명들이 어느덧 세월이 흘러
훌쩍 성장해 버린 자녀들의 모습에
가슴 벅찬 감동이 온다

구정이 눈앞에 와
멀리서 안부 전화가
가슴에 여운으로 남았고
오래도록 그리워할 것이다.

연탄

비탈길 골목 구석까지
훈훈한 온기를 전하는
서민에게는 고마운
겨우살이 땔감
몸도 마음도 따뜻한
매서운 추위 녹이는 이웃의 온정

희망 연탄 나눔 1,000원 기쁨
따뜻한 손길 자원봉사
영하로 떨어지는 겨울나기
마음을 담아 배달하는 사람들
사회의 귀감이어라

춥고 어두운 세상을
돕는 도움의 손길
마음만큼 나누고 싶은
이웃과 함께하는

십시일반 기부로
자원봉사들의
숨은 보석들의 손길
세상을 따뜻하게 한다.

시화전

공원 중심에 잔치가 열려
원근 각처에 모인 작가님
각 기관장님 함께 하니
시화전이 어울린다

호숫가 푸른 물결 따라
넓게 펼쳐진 조각 공원
산책로에 설치된 시화
가슴 절절하게
애환이 담겨있다

화환이 바람에 날리고
책이 흩어져도
모두가 추억이요 보람이다

축사에도 문학이요
낭송도 문학이라

시화가 하늘에 펼쳐지고
예술의 향기는
바람에 날린다

문학이란 세월이
인생을 데리고
시화전 속에 띄워 보내리라.

카네이션

오월이 되면
그리움으로 다가온다

그 험한 세월도
벙어리 냉가슴 멍울로 부풀어 터지는
비어있는 허공을 향해
당신의 모습을 새겨 봅니다

사랑만 채워 두고 외로움에 떨면서
아득히 먼 곳으로
저 노을 진 길 위에 서서
멍이 든 가슴을 부여잡고

서산마루 넘어가는 저 세월이 역겨워
울부짖고 만다
기다림의 뒤안길에서 품 안에 잠들었던
그리움으로 여위어간다

어머니
이제 불러 봅니다
그 흔한 카네이션 한 송이
가슴에 달아주지 못한 아쉬운 마음
이제는 통곡합니다.

피어오른 설렘

은은하게 밀려와 코끝 간질이는 달콤한 향내음
잔잔한 그대 미소가 질척이는 그리움 젖는다

햇살 부서지는 뜨락 아지랑이가 버선발로 반기고
연분홍 미소로 설렘 가득 채우고
하얀 속살거림 입맞춤한다

뜨겁게 스치는 숨결 가슴속 깊은 곳에
아련한 무지갯빛 휘감아 올라
따스한 햇살이 봄 뜨락에 아장거린다

부시도록 갓 맑은 하늘 품은 듯
설렘을 포개 담아 창공에 말아 올리고
수줍게 실눈 뜨고 풀숲에 누워
그리움 실어 감춰진 향기로움 날린다

낭만의 조각들이 파란 미소로 흠뻑 머금고
들뜬 가슴 얼러 살포시 피운 사랑
활짝 펼친 그리움 엮어 벅차오른 꿈 자락
감미로운 선율에 잠겨 빗살 가득
곱게 접은 임의 숨결 가득 채워
터질 듯한 주홍빛 온기 적신다.

제 **2** 부

세월

해를 밀어 올리듯
시간은 흐르고
세월을 맞이한다

물 흐르듯
넘실대는
사랑이 흐르듯
금빛 모래가 반짝이며

세월이 가져다주는
그리움의 대상들

날마다 다가올
새로운 것을
과거를 통해
현재를 만들고
미래가 되어간다

베일에 감추어진
아름다움으로 다가오는
소망을 꿈꾸는
세월.

겨울잠에 깨어난 봄

노을빛 산 너머로 해를 밀어내고
풀벌레 요란한 울음소리
겨울잠에 갓 깨어난 농부 발걸음은
백구가 짖어대는 소리에
겨울은 허공으로 날아가고

희망 안고 내딛는
봄비는 생동의 힘
싱그러운 봄꽃에 앉은
청개구리 봄 인사를 전했다.

고개를 내미는 햇살에
불어오는 바람결엔
나뭇잎은 푸름을 더해가고

이슬비 쏘옥 옷깃을 여미고
개나리 눈 비비면
들녘 아지랑이 손짓하면
수평선 끝자락
벌겋게 열이 오른
해 질 녘 노을빛마저
산 뒤편으로 넘어간다.

4월의 끝자락

4월의 끝자락
봄비가 추적추적 내리면
초록이 바람에 나풀나풀
싱그러운 5월을 맞는다

소리 없이 미끄러져
4월의 끝자락에서
등 뒤에는 활짝 웃는 5월
봄의 한가운데 서 있다

시어한 줄 엮어 놓고 가슴의 그리움
초록빛으로 닮아간 새잎을 펴서
녹음이 온몸을 감싼다

세월의 힘 앞에 무기력 스치듯 흐르는
다시금 보듬을 수 없는
계절의 수레바퀴 틈새에서
인생의 억겁을 묻고

사월은 잔인한 시간 오롯이 숨 죽은
다시금 봄은 찾아오는데
보듬을 수 없는 서러움
다 가슴에 꼭 묻어두고 그리움이 식어간다.

광주 남구 사랑

무등산이 발원지인 광주천 따라 올라가면
광주역사 시작점이며 문화자원 중심지 양림동이 나온다
장애아 고아들 한센병 치유에 앞장섰던
의료와 교육을 발전시킨 우일선 선교사
향수를 달래기 위해 고국에서 가져온 나무를 심고
울창한 숲에 둘러싸인 사랑과 희생으로
수많은 선교사가 잠든 곳이다

가난하고 병든 사람들을 구해준
조선 상류층 이장우 가옥
어려운 이웃들을 위해 헌신하신 조아라 기념관
농촌을 살리기 위한 어비슨의 기념관
선교사로 순교한 오웬 기념각
사랑과 희생의 근대와 현대로 다양한
매력이 공존하는 거리다

여성 교육의 요람인 수피아가 우뚝 서 있고
양림동이 고향이 김현승 시인도 만날 수 있다
행복한 노후생활 빛고을노인건강타운
백운광장 지나가는 푸른 길 브릿지
사랑하는 22만 주민 모두가
행복하고 삶의 질 높이는
친환경 녹색도시로 발전해 가길 염원한다.

그리움을 띄운다

널따란 마당에서 깔깔대며
휘젓고 뛰어놀 때
양갓집 규수가 되려면
발걸음도 사뿐사뿐
말도 조용조용 하라고
사랑채 마루에서 손들게 하여
무언의 사랑을 주신
행복했던 어린 시절
아버지는 우리에게
꿈을 이루게 하여주셨다

이젠 세월이 철들게 하여
머리카락도 하얗게 물들어가고
내 고향 푸른 잔디 위에서
뛰놀던 추억이 새록새록
생각이 나고 나이 들어가면서
너와
함께 하고 싶은 것도 많단다

넌
책 읽기를 좋아해서
여고 시절에 문예지에 글도 실었지
초등학교 4학년 때

넌
순천으로 전학을 가버려
어린 시절 추억이 많지 않아서
너와 추억을 쌓아 볼까 했는데
너의 변한 모습에
언니는 황당하단다.

더 심하면 언니도 못 알아
볼까 봐
나는 마음이 조급하다

어서 건강을 되찾아
너와 함께 손을 맞잡고
부모님 산소도 찾아뵙고
부모님이 살아 숨 쉬는
고향 들길도 거닐고 싶단다.

너의 건투를 빌면서
언니가 너에게
그리움의 연서를 띄운다.

길

새벽별 떠올라
갑진년 청룡해
내 가슴을 채운다

첫발을 내디딘 새 출발
새로운 길은
언제나 설레고
떨림의 시작이다

오늘도 난 걸어가고
한발 한발
내디딜 것이다

뒤돌아보니 아쉬움도
힘든 터널을 지나온 만큼
희망찬 내일을 향해
아름답게 수놓을 것이다

난 오늘도
그리움으로 채울 수 있는
책 속에서 길을 찾아
내겐 글을 쓰는 것이
사는 힘이기에

글은 여전히 살아 있는
나 자신과 만날 수 있는
새로운 꿈이
마음에 채우고

풍요로운 내 삶의 희망찬
미래의 디딤돌의
길이 되길
갑진년 오는 길목에서
아련히 기다린다.

꿀벌

아카시아꽃이 피면
꿀벌은 바빠진다
코끝을 자극하고
그 향기에 취해서
발걸음 멈추게 한다

부지런한 꿀벌은
다른 곤충보다 숭고하고
종족 보존을 위해
생명을 초개같이 바친다

자신을 희생하더라도
누군가를 위해
아름다운 이타 마음

아카시아꽃이 지천으로 피면
눈이 내린 듯 달달한 향에
양봉가의 바빠진 일손
밀랍을 뿜어내어
벌집 방을 짓고 사력을 다한다

노동의 과함으로
한 달도 살지 못하고

생을 마감한다
여왕벌은 하루 2,000마리 알을 낳고
벌들은 어린 동생벌을 일일이
식량을 먹여가며 키워낸다

꿀벌이 사라지면
식물 생태계 자체가 타격을 입는다
100종의 작물 중 70종 이상이
꿀벌 덕분에 열매를 맺는다

5월 20일은 유엔이 지정한
세계 벌의 날이다
희생심이 강한 꿀벌은
생태계에 미치는 영향을
꿀벌은 지구 생태계의
대들보이기 때문이다.

나눔

세상을 물들이는
아름다운 마음
활짝 웃는 얼굴에
행복이 퍼진다

세상의 에너지를
한겨울 추위를 녹일
사랑의 공동체

이웃과 함께한
나눔과 배려를 통해
어려움과 고민을 들어주는
소통과 교류가 이루어지고

뿌리는 자에게는 향이 묻어나고
받는 자에게는 훈훈함이 묻어나는
삶의 지혜가 담긴
평범한 일상들이
나눔의 행복으로
내일의 희망을 품고
세상을 황금빛으로 물들이다.

그이가 그리워지는 날

아침마다 믹서기 돌아가는
소리는 멈추고
전화벨 소리에
단잠을 깨우는
하루가 시작하는 시간

아침은 먹었느냐
외출할 준비를 하여야지
유선을 타고 들려온
그이 목소리가
나를 웃음 짓게 한다

추워지는 날씨 때문에
서울 나들이 간
그이 건강이 염려스럽다

마스크는 쓰고 외출하고
감기 걸리지 않게 조심하세요.
노파심에 괜스레
잔소리를 하게 된다

떠난 지 하루밖에 되지 않았는데
언제 오나요
다급해진 마음이
일주일이 길게만 느껴진다.

다짐

늘어나는 몸무게는
세월의 흔적을 버거워지게 한다.
계단을 오를 때마다 점점 무거운 걸음걸이
뱃살은 늘어나고
기억력은 흐려지고

세월의 흔적이 밀려오듯
얼굴과 손에는 주름으로
온몸으로 파도쳐 들어오고
어느새 깊어진 세월의 무게

이제부터 운동으로
건강관리에 소홀했던 것을 후회하면서
삶의 무게가 고스란히 쌓여있는 편한 습관을
새로운 것으로 채워나갈 수 있을는지?

그러나 꾸준한 운동으로
근육을 단련하여
건강관리에 노력해 보자
다짐하여본다.

담쟁이

죽은 듯 숨죽이고
봄이 되면 움이 트고
초록으로 담을 덮어버리고
거침없이 기어오른
운치를 더해주는
담쟁이덩굴이

세상과 소통하기 위해
휘감고 올라간 당당한 모습
가녀린 싹이
하트 잎새로
사랑으로 품은
담쟁이덩굴이
담벼락을 곱게 장식한다

뜨거운 태양 아래서
서서히 가을 단풍으로
붉게 물들인
옹골찬 너의 품격
꽃보다 더한 감동을 준
한 폭의 풍경화로
고풍스럽게 운치를 더해준다.

돋보기

호롱 빛 아래서 밤새 책을 읽었던
어린 소녀
그 밝은 눈을 가진
소녀는 흔적도 없고

세월의 흔적을 남기듯
내 콧잔등에는
어느새 안경테
자국만 남기고

언제부터인가
이놈의 돋보기는
나의 일부가 되어
가는 세월을 막을 수가 없다

돋보기는 분신처럼
내 주위를 서성이며
추억을 회상하는 통로이다

이제는
귀밑머리 반백이 되어
덜컹거리는 세월 지우고
세월의 훈장처럼

나잇살을 걸친다

배춧속 차오르듯
늘 새롭고 풋풋함으로
머물 것만 같았던 젊음이
자꾸만 등을 떠밀고

다시는 재회할 수 없는
시간들이여
내 마음을 울리고
떠날 준비를 하는
허전함이여….

병원 생활

제한된 공간에서
자유스러운 집에 도착하니
숨통이 트인 것 같다.

줄줄이 달고 다니는
수액 바늘을 제거하니
자유스러움에 감사를
느낄 수 있다.

사고를 당하고 보니
불편한 생활이
낯설게 다가오고
건강했던 시간들이
감사함으로
가슴 뭉클하다

아픔을 통해
또 하나의 인생을 배우고
인내를 통해
성숙한 삶을
터득하게 하였다.

문학

어릴 때 동화책을 사달라고 어머니께 애원했다
책에서 밥이 나오냐 떡이 나오냐
하면서 책을 사주지 않았다
사주지 못한
어머니 심정은 오죽했을까

책 한 권보다 쌀 한 됫박이
더 소중했던 현실
문학은 무엇을 해결할 힘은 없지만
그 어느 것보다 강한 삶의 지혜가 있다
이것이 문학의 힘이다

언어로 표현한 예술 우리는 언어를 통하여
인격과 품격을 나타내고
책에서 수많은 멘토를 만났다

문학은 우리 인생의 영원한 것이다
삶을 바꾸는 문학의 힘
우리가 책을 포기해도 책은 우리를 포기하지 않는다

책 속에 진리가 있듯이 가치 있은 삶
아름답게 만들어나가는 길이다.

빙하

자연의 변화로
굉음을 울리며
수만 년 걸쳐
부서진 조각들
바다로 흘려 빙하 숲을 이룬다

눈이 시리도록 짙푸른 절경
거대한 빙하가 만들어낸
지구를 빚어낸 강력한 힘
하얀 거인들의 왕국

지구온난화로 빙하가 녹고
살 곳이 없어진 생물체
해수면 상승으로
갈수록 줄어드는
우리의 터전 지구의 생명

물질문명으로
지구를 병들게 하고
생각 없이 버려진
쓰레기 탄소배출
대지가 몸살을 앓는다

빙하의 신비로운
살아 움직이는 소리를
시청자에게 전달하는
지질학자 빙하 탐사관

어떻게
자연을 회복시켜야 할지
살아있는 빙하의 힘과 생명력
세계 곳곳에 숨겨진
새로운 소식들
인류를 위한 기적이 되길….

사랑의 빵

대전으로 치과를 다녀온
남편은 귀갓길에 빵을 사 왔다
왜 이리 많이 사 왔어요

내일 친구를 만나니
점심을 먹은 후
스타벅스에 들러
커피와 함께 먹으란다

대전 역점을 포함해
6개를 운영하는 매장은
하루 방문객이 1만 칠천 명이
찾은 대전의 대표 빵집이다

1956년에 문을 연
역사를 가진 사장님은
그날 팔고 남은 빵은
기부하기로 유명하다

그것도 부족하여 일부러
더 만들어 기부한다

대전 시내에 굶는 사람이 없다는

어려운 이웃을 위해 빵을 나누어 왔다
빵집 앞에는 많은 이들이
줄을 서서 기다리고 있고
대전을 빵의 성지로 만들고 있다

세금 내는 것은 나눔의 사명으로
생각하는 사장님은 멋쟁이란다
빵집이 유명세로 인하여
월 20억이 넘는 매출로
월세 1억이 4억으로 올린다고 하여

생각지도 못한 월세
인상 때문에 고민이란다
빵을 통해 더 따뜻한 세상을
만들 수 있도록
따뜻한 사랑의 배려가 필요할 것 같다.

인혜당을 향한 사모곡

섬기기를 좋아하시고
봉사로 남에게 기쁨을 주신
인혜당 성님

주신 것도 하나님
거두는 것도 하나님
모두가 하나님 은혜인 것을
내게 주신 은혜가
헛된 것이 없으리라

날마다 하나님 말씀 의지하며
거룩한 삶을 살아갈 수 있도록
허락하여 주신 하나님

생명 주신 것 감사
건강 주신 것 감사
일용할 양식 주신 것 감사

나에게 문학으로 꿈꾸게
하신 것 감사
저의 생명을 끝까지
지켜주시고
한없는 사랑으로

지금까지 동행해 주신
은혜에 감사합니다

나의 주인이 되신
하나님께서는
준비되지 않은 이별을
맞이하게 된
사랑하는 가족에게
이 아픔을 통하여
위로가 되어주시고
평안함을 주실 것을 믿습니다.

새 아침

샘솟는 그리움으로 새날이 밝아왔다
한 페이지가 시작되는 새로운 도전이다

뜨겁게 타오르는 열정의 첫날
꿈과 목표를 향해 이야기가 펼쳐지는
꿈을 향한 사다리

다가온 희망찬 아침
꿈으로 깨우는 아름다움
함께 손을 잡고 가는 행복과 즐거움으로

일상을 충실하게 살아갈
평범한 일상
사소한 일에도 행복을 찾아가는
창문을 열고

많은 것을 움켜쥐기보다
버릴 것은 버리고 나눌 것은 나누며
주위를 돌아보며
세상에 가득한 다양한 문화를 열어주는
글을 쓰는 전율을 느끼며
아름다운 한 해로 가치 있는 갑진년이 되길….

취미생활

새해 첫날
공휴일인데도
당구와 골프를 좋아한
남편은
친구들을 만나러 길을 나선다

남편은 걷기를 좋아해
생활 습관으로 다져진 건강이
면역력을 강화시키고
집중력 향상으로

피지컬 효과로 단련된
체력이 에너지를 얻어
취미생활을 즐기고 있다

체력이 약하면
운동신경이 뒤떨어져
스코어에 데미지가 커지고
팀 규율에 민폐가 된다

차를 주차장에 그대로 두고
오늘도 걸어서 출발하는
남편에게 응원을 보낸다.

북유럽

인천공항 출발하여
덴마크 코펜하겐 공항
여름방학을 이용하여
북유럽 4개국 여행

덴마크는 유럽에서
오랜 역사를 자랑하는
안데르센 인어공주
산유국인데도 자전거 이용
50% 세금을 내지만
불만이 없는 행복 지수 1위

노르웨이 세계적인 조각가
비겔란 조각 공원
평생에 걸쳐 만든 212점
삶의 굴레를 온몸으로
체감할 수 있는 희로애락
조국을 위해 재능을 기부
조국과 전 세계인들을 위해
무료로 24시간 개방
심금을 울린 그의 작품

북유럽 베네치아로 불리는

노벨의 모국인 스웨덴
다이너마이트 발명하여
수많은 생명 죽음을
가슴 아파하며 노벨상 제정
노벨이 사망한 날
12월 10일 시상식 열린다

핀란드 헬싱키 크루즈
바다 사이에 움직이는 성
북유럽의 가장 호화롭고
낭만적인 크루즈에서
근사한 저녁 만찬
평생 잊을 수 없는 추억

태양광 발전이 가정마다
태양열로 뜨거운 물로
온수와 난방을 사용하고
난방비를 줄이고 있다

목재로 건물을 지어
환경오염 주리고
친환경 제로 에너지
녹색성장 지구 살리고

우리의 삶을 건강하게
북유럽 잘 사는 나라
우리 일행을 부끄럽게 했다

고국에 밝은 햇볕이
따스하게 온몸을 휘감고
오래도록 잊지 못할 여행이었다.

제3부

5·18의 그날

5월의 창공
광주 5·18 소문에
두고 온 자식들
소식 궁금한 엄마
서둘러 길을 나선다

청보리 일렁이고
논둑에 푸른 쑥 내음
마중 나온 샛길 햇살에
엄마의 마음은 다급해진다

교통과 통신이 두절된
암담한 현실
화순역에서 하차
계곡마다 주인 없는 시체들

총소리 귀청을 울리고
최루탄 속 뚫고 달려와
자식들과 상봉하고서야
한시름 놓으신 어머니

광주의 5월 어두운 역사
인권의 가치와 정신을
절대 잊혀서는 안 되는
영원히 남아야 할 기억들….

그대

그대
따듯한 봄 햇살
창문 넘어 들어와
향기를 품으며
다가와 서성거린다

그대가 있어
입가에 미소를 짓고
가슴이 설레인다

그리워할 수 있는
영혼에 울림이
마음을 적시고
힘이 되고 용기가 솟는다

내 등 뒤를 지켜주는
버팀목이 되어 준
그리움의 조각들이
그대 있어
축복의 삶이라고….

6월의 시간

싱그럽게 피어나는 눈 부신 햇살에
초록빛 잎들이 수런거리며
덩굴장미 담장 넘어 고개 내밀고
흐드러지게 자신을 뽐내고
풍성한 6월의 무게를 담은
수국 향기가 바람 곁에 코끝을 스쳤다

자연이 빚어낸
여름이 주는 화사한 햇살과
화려한 자태로 우리의 감성을 깨운다

푸르름이 가득한 초여름의 풍광
온통 초록빛 세상
푸근한 자연이 반겨주는 아침의 햇살
살포시 다가와 속삭이는 정겨운 눈빛
머무르고 싶은 순간들

세월의 무게에 그리움을 걸치고
하루가 바쁘게 흐르는 시간
자연의 꽃들이 밀어로
귀를 간질인다.

7월의 시작

한해 허리가 접힌 채
반환점 7월
초록빛 우거진 숲사이로
자연이 살아 숨 쉰다

뜨거운 태양 아래
바람에 흔들리며
겸허하게 살아가는
알찬 열매 되리니

여름으로 향해가는
따가운 열기로
계절은 익어가고

우거진 숲 사이로
실개천의 물소리
한낮 더위를 식혀준다

생기 넘치는 7월
아름다운 숲으로 피서를
떠나보자.

가을을 느끼며

파란 하늘빛이 어찌나 고운지
새하얀 새털구름이 시샘하듯
우아하게 뽐내고
코스모스의 가녀린
꽃대엔 연분홍
치마저고리 걸치고
수줍은 미소 짓고
가을이 성큼 다가온다

황금빛으로 물들어가는
알알이 익어가는 들녘
산들산들 불어오는
가을바람 연주 속에
고추잠자리 춤을 추며
풍요로운 가을을 노래한다

코끝에 저며 오는
가을 향기
향 짙은 차 한 잔
한적한 길모퉁이에서
가을을 노래한다.

100일 축하연

초록 내음 가득한 푸르른 계절
열매가 익어가는 6월, 우리 7인방 회원들
날마다 한편의 글을
쓰기로 시작한 지가 엊그제 같은데
벌써 100일 기념회 축하연을 연다

돈이 가득 찬 지갑보다는
책이 가득 찬 서재를 가지는 것이
훗날 만 배의 이익을 얻을 것이라는
위인들의 말씀이 있으며

글을 가까이하는 것은
마음을 다스리고 정신력을
배양하는 위대한 힘이라

책을 읽는다는 것은
자신의 미래 지향적인 일이며
책만큼 매력적이며 독서는 집안을 일으키는
근본이라고 명심보감에 기록이 되어있다

책을 통하여 가치를 높이고
주체적인 목적이
7인방이 더욱 빛나기를 기원한다.

냉면

구십이 넘은 선배님을 모시고
냉면집으로 향한다
집에서 넘어져서 육 개월 동안
두문불출하고 고생한 사람치고는
너무 혈색이 좋아 보여 참 반가웠다

그동안 집으로 방문하여
찾아뵙고 싶었는데
깔끔한 성품에 폐 끼치는 것을
싫어하는 분이라서
찾아뵙지 못하여 섭섭하였는데
평소에 건강한 선배님이라서
기력을 회복하여
만나 뵈니 감개무량했다

시원한 냉면을 좋아하셔서
냉면 집으로 모셨는데
같이 식사한 후배들에게
돈 봉투를 하나씩 안겨 주면서
점심까지 대접을 받았다

너무 후한 대접을 받았기에
평소 잘 찾는

커피집으로 모시고 갔다
무등산 시원한 숲을 지나
담양 소쇄원 근처 찻집에서
다섯 여자들의 담소는 끝이 없었다

선배님의 너무 좋아하는 모습을 보고
갑자기 또 다른 구십이 가까운 선배님을
모시고 냉면을 대접하고 싶은
생각이 머리를 스친다.

마음 저미는 오월

그리움 싣고 날아온
반가운 소식
스치는 바람 소리
옛 추억 낭만의 편지

동네마다 누비며
그리운 사연 들고 방문한
정겨운 집배원 아저씨
빨간 자전거 소리에

밥상 차리기에 바쁜
우리 어머니 손길
가슴 속 절절한 안부
훈훈한 정이 고여 들고

사연에 담긴 마음의 선물
그리움 싣고 온 잔잔한 울림
그 추억 스쳐 가듯 되살아나고
바람에 실어 보낸
애틋한 사연

세월이 남기고 간
아름다운 마음 스며들고

설렘 가득 채워
싱그러운 봄 내음 실어

오월이 되면
어머니 생각으로
마음 저미어 오고
그리움으로
연서를 띄우고 싶다.

보성녹차

내 고향 보성은
매년 5월이 되면
녹차 축제가 열린다

겨우내 움츠렸던 새싹들이
봄이 되면 연둣빛 찻잎
여름이면 짙은 녹색으로
지역 특색을 잘 살린 녹차밭
풍경을 담은 사진기자들 모여든다

부드럽고 향과 맛이 좋은
우전차
천년의 차 역사를 가진
신비로운 보성의 녹차
녹색 카펫을 깔아 놓은 듯
몸과 마음을 힐링할 수 있는

대륙성 기후가 적합한
오랜 역사와 전통을 자랑하는
보성 다향 대축제

전국 차 재배면적의
40%를 차지하고

국내 최대 다원
전국의 관광객이 모여드는 곳

초록빛 물결이 끝없이 펼쳐진
5월이면 녹차 축제로
역사와 문화의 위상을 높이고 있다.

봄의 그리움

겨울인가 하면 봄이 오고
봄인가 하면 여름이 오는
짧기만 한 봄
볼을 스치는 봄 향기 마음을 빼앗기며
지난 시간의 그리움 흔들어 본다

어린 시절 호기심으로 가득 찬
코흘리개 놀이터 뒷동산 푸른 잔디
진달래 꽃잎으로 허기 달래며
마냥
즐거웠던 고향의 그리움
해가 산마루에 올라와도
엄마가 애타게 찾은 줄도 모른 채
머리가 하얗게 물든
늙은 소녀는

무엇 하나 밀어내지 못하고
창고에 차곡차곡히 쌓인 보물
고향 친구는
영원한 그리움의 대상
엄마가 없는 고향 집
가슴으로 새기고 있다.

봄의 길목에서

새벽 창가를 기웃거리며
가슴으로 파고든다

보이지 않는 몸짓으로
슬며시 다가와서
내 마음 문을 두드린다

겨우내 보이지 않는
얼음에 녹아 흐르고
꽃망울 터지고
봄은 어떻게 알고
우리 곁을 찾아온다

얼었던 땅속에서
숨을 틔우던
새싹들

아무도 모르게
봄은 아랑곳하지 않고
옷 속으로 파고들어
살갗을 간지럽힌다.

봄의 예찬禮讚

혹한의 긴 겨울 이겨내고
아무리 춥고 길어도
소리 없이 다가와
싱그러운 봄소식은
우리를 찾아온다

애써 기다리지 않아도
세월의 시간들이
묻어두었던 자연 앞에
새벽이 지나야
환희歡喜가 찾아오듯
자연의 가치는 위대하다

남아 있는 겨울바람이
봄에게 자리를 내주고
햇살이 기지개를 켜며
길었던 겨울이
봄을 깨우고

따뜻한 봄을 품고
꽃 피는 봄은
우리를 찾아올 테니
희망찬 봄을 예찬한다.

봄을 밀어낸 여름

봄인가 했더니
어느덧 여름
초록빛 새 아침

햇살이 풀잎에
내어 주고
그리움이 사라진
봄의 언덕

바람에도 수줍어하는
초록 잎들이
마음을 푸르게 한다

연둣빛 가득한
녹색 물감으로
가지마다 걸려있고

숲속 향기 토해내고
스치는 바람도 싱그러운
초록 물결을
바라만 보아도
행복한
봄을 밀어낸 여름이
무르익어 간다.

떠나는 6월

어느 해보다 빨리 찾아와
더위는 기승을 부리고
텃밭에 즐비하게 늘어선
키다리 옥수수 하늘하늘 춤사위 하누나
긴 수염 늘어뜨리고 우아한 자태로 뽐내고 있다

싱그러운 여름이 시작되고
녹음이 짙어가는 파란 하늘 물들어가며
내 고향 뒷동산 뻐꾸기 노랫가락 구성지고
산천은 초록으로 짙게 물들어가고

초여름의 숲을 지난
바람과 이름 모를 새소리가
주변을 깨우고 있는데
6월은 어느덧 떠날 채비를 하고 있다

세월의 흐름이 너무나도 빠르고
덧없는 세월은 쏜살같고
모든 것이 봄꿈처럼 느껴지니
아쉬움만 남는다.

비 내리는 오후

매주 토요일이면
산을 오르는 시간이건만
아침부터 촉촉이 비는 내리고
실내 운동을 택하였다

자주 하는 운동이라서
오늘도 기분 좋은 스코어로
마무리하고 집으로 향하였다

오랜만에 집에서 점심을 마주하게 되었고
주말 오후 창밖에 빗줄기를 보면서
아들이 보내온 귀한 차로
즐거운 시간을 보낸다

팽주烹主의 손끝에서 차 맛이 살아난다더니
남편의 차 맛은 오늘따라
한층 품격이 있었다

대지를 촉촉이 적시며
젖어 드는 빗소리
귓전을 간지럽히고
비 내리는 오후가
평화로이 흐르고 있다.

빗속의 그리움

촉촉한 신록으로
여름을 시작하는
말 못 할 그리움
추적추적 비는 연가로 다가온다

차창 밖 빗줄기는 바람 타고
소녀의 옷을 적신다

창문을 우산대로
지지대를 하면서
쩔쩔매는 소년

소녀는 불그스름한
미소로 부끄러움을 감춘다

아득히 멀어진
가슴에 내리는 비
오랜 세월 흘러
머리가 허연

늙은 소녀는
빗속의 그리움
밀어내지 못하고 있다.

쑥

겨울을 이겨내고 봄 햇살을 받으며
뿌리를 움직이는 힘을 받아
우리 곁으로 다가온다

강인한 생명력, 신화 속의 식물
봄 햇살이 내미는
가는 허리 흔들며 피어나는
영혼을 맑게 하는 쑥

보릿고개를 넘게 한
우리를 살려낸 어머니 같은 존재

황무지 모래땅 불탄 자리
홍수 난 자리에도
잡초처럼 살아남는 끈질긴 생명력

오늘도
논두렁 밭두렁에
겨우내 움츠렸던
도란도란 떨던
어린 싹들이 피어오르고
어머니 마음으로
새봄을 마중한다.

광주 문인협회 시화전 잔치

5월 장미의 계절 풍암호수공원에서
문인협회 제8회 서호시화전이 열렸다

광주 정신을 되새기고 장미 향기를 맡으며
푸른 호수 빛과
붉은 장미꽃이 조화를 이루는

광주문협회원 200여 명이
광주 서구청 후원으로
광주 시민과 함께하는
호수공원 공연장에서 버스킹이 열린다

하루 3,000여 명이 산책한
시민 휴식처로 사랑받고
시민들의 마음속에
잔잔한 서정을 안겨줄
풍암호수공원 장미정원에
출품한 시화가 걸려있다

감동에 시화를 감상하고
회원 여러분의 시화로 제작된 도록을 가지고
집으로 향하는
발걸음도 기쁨으로 가득하다.

속삭임

꿈지락꿈지락 피어오르는
햇살에 초록이 고개를 든다
새싹들이 밖으로
뛰쳐나오고

차근차근 피어나는
이파리들이
초록이 돋고
꽃이 핀다

비우고 채우는
겨울과 봄
회색빛 풀 더미 속에서
고물고물

새싹이 돋자
나풀나풀 나비가
달아올라
달콤한 설렘이
봄 내음을 맡는다.

자연의 섭리

긴 여름
연일 기승을 부리는 폭염
추석 명절이 다가와도
무더위는 여전하다

그러나
가을비가 내리면서
더위는 뒤안길로 사라지고
자연의 섭리로
절기는 어김없이
다가왔다

위대한 순리를 통하여
우리는 겸손해야만 하고
대자연의 오묘함에
숙연함마저 든다.

조석으로 서늘한 가을이
자연의 위대한 신비가
감사함으로 다가온다.

무더위

여름이 한창인 8월
더위가 막바지 이르고
오곡백과가 여물어간다

드넓은 하늘엔 흐르는
흰 구름 사이사이
뭉게뭉게 피어난다

초록빛으로 물든 자연
울창한 숲 사이로
마음을 사로잡는
짙푸른 녹음이 가득한
맑은 물이 있는 계곡

산하의 쭉쭉 뻗은
능선이 아름답게 펼쳐지고

태양이 이글거리는
노을빛에 물든
8월을 휘감고
무더위가 넘어간다.

9월이 오는 소리

그토록 요란스럽게
여름을 장식한 매미는
7일의 생을 마감하고
귀뚜라미가 가을을 마중한다

더위야 물러가라고
밀어 보내지 않아도
가을이 성큼 우리 곁에 다가와
8월은 이미 떠날 때를 알고
이별을 준비하고 있다

등을 떠밀지 않아도
성큼성큼 지나가고
언제 떠날지도 모르는 세월
9월을 마중하자

오곡백과 영글어 가는
가을 들녘의 풍요로움이
창 너머 팔월은 저물어가고
지금 살아 숨 쉬고 머무는
9월이 오는 소리
새벽이면 찬바람이 창문을 닫게 하는
가을이 오고 있구나.

내 마음 항상 그곳에

언덕 위에 파릇파릇
봄이 오고
푸른 하늘 뭉게구름
시냇가에
송사리 여유롭게
떼지어 노닐고
눈을 감아도
고향 풍경이 서서히 다가온다

철없는 어린 시절
뒷동산은 우리들의 놀이터
초가집 굴뚝에 연기가 피어오르고
고등어 굽고 된장찌개 끓이는
엄마 손은 분주한데
놀기에 바빠 해 저문 줄 모르고
다급한 엄마는 아이를 찾아
목청을 높인다

여름이면 초가지붕엔
하얀 박꽃
초승달이 눈처럼 빛이 나고
모기가 극성인 여름밤
엄마 손길은

부채질하기에 바빠진다

엄마 무릎에 고이 잠든
여름밤의 어린 시절이
아련한 추억으로 남아 있다

지나간 시간을 떠올리며
내 마음 깊은 곳에
그리움이 가득히 넘치고
내 마음 항상 그곳에
아름다운 추억들로
머물러 있다.

달빛이 쏟아지는 여름밤

창가에 불어오는
선선한 바람맞으며
조용히 비추는 달빛마저
달콤한 여름밤 향기가
스쳐 간 바람은 돌아오지 않는데
하얀 별들만 까만 밤을 기억한다

고요를 깨트리는
풀벌레들 울음소리만
여름밤을 하얗게 지새운다

달빛 부서지는 소리
하얀 박꽃 터지는 소리
귓가에 속삭이며
달밤 휘영청 밝은 달빛
하얗게 부서져 쏟아지는 별빛

이 밤을 지새우는
개구리 합창단 맹꽁이의 부르짖음
낭만의 달밤은 깊어만 가고
밤이슬에 촉촉이 젖어간다.

도전

풋풋한 산나물 향내 품으며
눈부신 봄 햇살을 받으며
설레는 시작이 마중물 되어
세상으로 날아가는
날개를 달고

마음껏 즐기고
아름다운 꿈을 꾸며
글을 모아 역사를 만들고
가치 있는 기록으로
인생의 닫힌 마음을
따뜻하게 열어

소통과 열정에 노력으로
책이라는 창문을 통해
마음을 움직이는
영혼의 언어로

포근한 엄마 품처럼
푸른 하늘에 흰 구름
능선 따라
문학을 승화시켜
꿈을 꾸는 도전으로
날갯짓하리라.

신록을 보면서

짙어가는 신록을 보면서
나도 너처럼
아름다울 때가 있었지
초록은 물러가고
가을에 단풍이 들 듯

어느덧 황혼에 문턱에서
고갯길 걸으며
추억 속에 머무는 순간

신록에 여름은
내 마음을 아는지
잔잔하게 흔들리고 있다

그 옛날
아름다웠던 시절
황혼에 단풍으로
접어든 지금에야
깨닫게 된다.

청보리

재 너머 마을에서
새벽이
창문을 두드린다

보리밭 푸른 물결이
옆구리를 간질이면
정겹게 모여 앉아

풋보리 비벼 대며
허기진 배를 안고
보리밭 사이로
오래도록 기억되는
고향 들녘

누런 보리 익어가면
울어대는 뻐꾸기 소리
아득하게 귓가에 맴돌고
보릿고개 흔적이
고요히 흐른다

청보리 익어가고
앵두 익어가는
푸르름 짙은
오월은 청보리 물결.

신안튤립축제

사전 투표를 마치고
초록이 물든 봄길 따라
그리움이 설레는
마음으로 길을 나선다

손목 부상으로
오랫동안 만나지 못했던
보고픈 얼굴들 마주하고
튤립축제장으로 향한다

나주에 들러 점심을 먹고
집을 나선 지
다섯 시간 만에
축제장에 도착했다

수천 튤립 송이들이
하늘을 향해 멋진
향연으로 만들어 낸 걸작들
지역 주민들의
열렬한 호응에 힘입어

축제장은 관광객
발길이 인산인해

신안은 토양이 비옥하고
일조량이 풍부하여
튤립꽃 동산이다

입장권을 뒤돌려 받아
군밤, 은행, 엿을 구입하여
입마저 풍성한 즐거움

눈을 호강하고
집으로 향하여 오는 길에
휴게소에 들러
지인께서 준비한
찰밥으로
하루를 마무리하고
건강하게 또 뵙자는
안녕으로….

오월이 되면

그리움으로 편지를 띄워 본다
어려서 몸이 허약한
나에게 당신은
항상 그리움으로 남는다.

건강으로 두문불출한
애잔한 동생에게
마음속 먹구름을
걷어 낼 수 있는
든든한 힘이 되어 주시고

허약한 몸을 붙잡고 떨고 있을 때
내 손잡아 주면서 애증의 마음으로
희망의 메시지를 주시고

어려움 속에서 은은하게 빛나는
별빛 되어 내 가슴을 적시고
더 기다려 주지 못하고
그리움으로 가득 채워
뜨락에 저미어 오면
5월의 편지를 띄어
마음으로 빛으로 남기고 싶다.

여름이 익어가며

매미 소리로
귀 간지럽힌 여름
해변에 잔잔하게
바닷물이 밀려들고
갯바위에 부서지는
파도 소리 간지러운

세상에 푸른 물을 퍼트리고
그 안에서
여름이 파랗게 익어간다

여름을 재촉하는 뜰
창문을 두드리는
잔잔한 비가 내리면

모든 것을 부드럽게 감싸며
들려오는 풀벌레 소리는
평화로운 자장가

무화과는 익어가고
바람에 나뭇가지
부서지는 소리
살아있는 자연이
풍성하게 익어 가리라.

제비

긴 겨울이 지나고 봄의 서막을 알리는
봄의 전령사
먼 길 강남에서
옛집을 찾아와
고향 집 처마 밑 둥지 틀고

새 생명 잉태하여
오순도순 추녀 밑에 신혼살림을 차린다
마음씨 좋은 집 찾아가서
새끼를 깐다는 제비의 속설

지푸라기 물어다가 보금자리 만들고
먹이를 물어오는
눈물겨운 어미의 사랑
빨랫줄에 앉아
지지배배 지지배배
비행 연습 끝나면
가을 되면 강남으로 돌아가고
봄이 되면 다시 돌아온다

삼짇날에 풍속 사라져 가는
정겨운 고향 풍경
가슴에 삼삼하게 남아 있다.

지인과 함께 나들이

오전에 운동을 마치고
평소 존경하는
지인 부부와 함께
점심을 먹기로 하였다

맛있다는 소문을 듣고 가끔 들리는 곳
나주로 향하였다
역시 빈자리는 없고 맛집이 맞는구나

오후 3시쯤 점심을 마치며
하루를 마무리하는
사장님의 경영 방침이다

눈의 행복을 맛보러
숲속으로 차를 돌렸다

나주 시민들이 자주 찾은 등산길 따라
산속을 가다 보니 등산객의 쉼터인
빈자리가 우리를 기다리고 있었다

오솔길에 피어나는 정겨운 소통은
낭만이 담긴 하루였다.

지게

아버지에게는
소가
가족이다

소를 배부르게 먹이고 오너라
소꼴을 먹어봐야 알지요
친구들은 다들 놀고 있는데
소꼴을 먹이러 가는
오빠의 볼멘 대답이었다

군대를 다녀온 후
초임 발령을 기다리며
아버지 일손을 도와
논매기를 하는 중
발령지 소식을 접한다

어려서 개구쟁이
기질이 많았던
오빠는
아버지 사랑을 독차지한
유고집에 아버지 지게란
시를 썼다

지게란 아버지에겐
가정을 이루고
자녀를 교육하고
꿈을 이룬 도구이다

어깨에 멍이 들게 한
아버지 삶의 무게가 된
지게가 오빠에겐
애잔한 사랑이었노라.

축복

우렁찬 소리로 탯줄을 타고
으앙하며 봄 햇살 속으로
아지랑이 피어오르듯
우리 곁으로
사뿐히 걸어온
너희들의 탄생을
축하한다

이젠
훌쩍 자란
손자손녀에게
언제 만날지
기약이 없고
그리움으로
통장 개설을 하였다

할머니 보람이며
세상에 태어남이
가슴 뭉클하고
축복해 주고 싶었다

이국 멀리 있기에
보고 싶은 것을

이렇게 해서라도
그리움을 달래고 싶다

소민아 유민아
건강하게 자라
사회에 필요한
구성원이 되어다오

머지않아
우리 만날 것을
기대하면서….

폭염

창밖에 청아하게
지저귀는
새소리가 아침을 연다
간밤의 설친 무더위가
잠을 떨치고 일어나기가 쉽지 않다

남편은 일찍부터
화순에 예약된
운동을 갈려고
서둘러 준비하고 있었다

점심 약속이 되어 있는
나 역시 서둘러야 하는데
무더위 때문에 체력이 힘이 든다

여름이 절정에 이르는 폭염과 함께
몸과 마음이 지치는 계절
한바탕 소나기가 내린 후
하늘엔 흰 구름 두둥실
능소화 담장을 휘감기고

새들의 지저귀는 소리 뒤로하고
보양식 먹을 곳으로 발길을 옮긴다.

함께

손잡고 길을 옮긴다
서로의 배려와 사랑으로
함께 운동을 하고
함께 요리를 하는 것
함께 영화를 보는 것

서로 부족한 점을 채워주고
함께 즐길 수 있도록
함께 여행을 가는 것
함께 햄버거 먹고
생일을 챙겨주고 결혼기념일 기억하여
함께 보낸 시간

책을 읽고 색다른 주제로
발전된 대화를 나누고, 모험해 보는 것
함께라면 고달픈 날들도
힘들 때마다 기댈 수 있는

나태주 시인처럼
너와 함께라면 인생도 여행이다
지구 여행 잘 마치고
함께 떠나자꾸나.

현충일

73년의 역사가 바람에 실어 온다
머리가 허연 할머니
지켜 낸 슬픈 기억들
그리움을 삼킨다

젊은 나이에 목숨을 바친
국가유공자 고귀한 뜻
나라를 위하여 하나뿐인
생명을 버리고 간 당신들
아직도 찾지 못한 유해遺骸들
가족들은 73년이 지나건만
기다리고 있다

살아서 돌아왔으면 좋으련만
다 늦게 맞이한 오빠 유해를
만나기 위해
동생은 밥상 준비에 분주하다

오빠가 집을 찾아오지 못할까 봐
친정집을 그대로 보전하였건만
살아생전 보지 못한 채
오빠의 유패儒牌를
슬픔과 그리움으로 맞이한다

90세를 바라보는 할머니는
20대 오빠를
대한민국을 지켜낸
오빠의 희생을
눈물로 환영한다

이제 모든 것 잊으시고
편히 영면하소서!

남편의 건강 비결

원고 정리하느라
늦게 잠이 든 나에게
요란한 믹서기 돌아가는 소리가
단잠을 깨운다

눈이 떨어지지 않은 체
문을 박차고 나오니
남편은 외출 준비에
바쁘게 서두르고 있었다

남편이 좋아하는
골프 약속이 되어 있어
현관문을 나선 뒷모습을 보고
잘 다녀오세요.

만면에 웃음이 가득 그렇게 좋을까
아
남편의 건강 비결이 여기 있었구나
계속 응원하고 싶다

텅 빈 고요 속에
준비해둔 주스를 마시면서
행복한 미소를 짓는다.

제5부

가을 향기

사랑으로 물들여진
향기
하늘빛으로
물들인
그대 마음
빗장을 열고
활짝 웃는다

차 한 잔을 마시며
담소를 나누고
가을 햇살 맞으며
산책길을 걷는
정겨운 그대

가을 동산
단풍으로 물들이듯
그대 향기
마음에 담아
간직하고 싶다.

가을빛 노년

아름다운 노을빛
은은히 피어나는 단풍
늘 푸르러 보이는
봄빛의 보드라움이
가을빛 풍경만큼
고울까

단풍이 물들게 되듯
비바람 땡볕
몸살을 앓은 뒤
고난의 역경을 이겨내고
곱게 물들어가는
가을빛처럼

노년의 여유와
감성으로
마음을 비우고
깊어지는 가을빛
단풍잎처럼
닮고 싶어라.

가을의 끝자락

가을을 밀어내고
겨울의 온기를 느끼는 감성으로
무등로 산책길을 걸으며
아직은 설익은 단풍들이

앞다투어 겨울을 재촉하듯
제법 쌀쌀한 공기가
코끝을 스친다

바스락거리는 낙엽 소리에
숨이 차오르고
발걸음은 무디어진다

세월이 스쳐 간 몸 상태를
증명證明하듯
산에 오르기가 힘들어
식당으로 발길을 옮겼다

등산을 마치고 돌아온
회원들과 마주한
애호박 찌개는
고향 생각을 느끼게 하였다

가을의 끝자락
우리들의 모임은
시와 인생 이야기로 꽃을 피우고

가을 햇살은 서산을 향하여
익어가고
무등산 자락에 추억을 묻어두고
우리들은 발길은
주차장으로 옮긴다.

가을을 느끼며

황금빛으로 물들인 들녘
알알이 익어가는 나락
송골송골 맺힌 땀방울
흐뭇한 미소가 흐르고

산들산들 불어오는 가을바람 연주 속에
고추잠자리 춤을 추며
풍요로운 가을을 노래한다

은빛 억새 바람에
가녀린 몸매 물결치면
코끝에 저며 오는 가을
찻잔 속의 향기는 가을 저편으로
그대 마음 그려본다

굳게 닫혀 있는
그대 마음의 빗장을 열어
들국화 미소처럼 여유로운 담소를 나누고

따사로운 가을 햇살 맞으며
그 향기 마음속에 담아
사랑으로 물들어간다.

단풍

사계四季의 감성으로
따스함과 시원함과
그리움과 따뜻함으로
붉게 멍들려 다가온
너

애타게 기다린 아름다움이
가을바람 소슬하니
온 산 무대 삼아
설레게 다가온 단풍

눈이 시리도록 느낄 수 있는
감사가 가슴 벅차다
어디서나 볼 수 없는 고마움으로

다급한 마음에
스산함이 앞서고
가슴에는 아직도
푸른 마음이 미련으로 머물고
아쉬움을 전하듯
가슴을 태우다
붉게 멍이 든 너를
오래도록 붙잡고 싶다.

노을의 길목에서

마음 쉬어가는 석양 길
나그네 글동무
인생의 끝자락에
환상의 리듬 휘감고
함께 했던 그리움

평생을 글로 친구 삼아
걸어온 인혜당
성실하고 정직하게
살아온 당신

삶에 무게가 버거워
글쓰기가 힘들 때
아슴히 밀려오는
정겨운 미소 달고
노을이
햇살처럼 다가온다

갈망의 눈빛 촉촉이
뜨락에 저미어 오고
문학으로 짙어가는
그리움으로
고운 향기 수놓아
오늘도 꿈길처럼
좋은 글 맞이하소서.

노후의 예찬

얼마든지 게을러도
괜찮은 나이
늦은 아침을 맞이할 때마다
나는 내게 찾아온
노후를 예찬한다.

그러면서 중얼거린다.
늙었다는 것이 정말
편한 것이구나!

식후 달콤한 커피 한 잔의
황홀한 그 느낌이, 이 맛일까.

소유하지 않으면서도
누릴 수 있는 노후의 한가로운
행복은 노년의 특권이다.

책임에서 의무에서 묶이지 않은
평화의 고요가 가득한 곳
두 손을 잡고 함께 노후에
누릴 수 있는 아름다운

안식을 허락하신
생명의 주인께 감사의
마음을 드린다.

목화

부드러운 촉감과 포근함
순백의 향연 목화 축제가
곡성군에서 열린다

관광 산업화를 위한 디딤돌
우리의 혼을 담은
오랜 역사와 다양한 체험으로
명성을 지켜가고 있다

목화 섬유는 삶의 질을 높이는데
큰 변화를 불러왔고
반출이 금지된 목화씨를
붓 뚜껑에 담아 국경을 넘었다

목화의 부드럽고 뛰어난 보온성 덕분에
피부가 민감한 사람은
알레르기나 아토피를 막아주고
천연 섬유로 의복을 선호하게 되었다

따뜻하고 포근한 목화 이불은
편안한 수면을 도와주고
목화는 인류 역사와 문화에
깊이 뿌리내린 중요한 자원이다

역사가 흐르는 백의민족의 자랑거리며
문화가 깊은 역사가 숨 쉬고
목화의 가치를 다시금 되새기며
역사적 중요성을 통해
기적의 씨앗 민족의 얼이요
목화 꽃말은 어머니의 사랑
오랜 역사로 자리 잡기를 바란다.

아가페 정신

진정한 사랑과 행복의
의미가 무엇인지
삶의 가치는 어디 있는지

조건 없는 사랑으로
한센병 환자들과
일생을 바쳐
봉사로 살아온 삶

꽃다운 20대에
소록도 땅을 밟았고
억압과 멸시 천대
단절의 땅에서
청춘을 바쳤다

희망의 빛이 되어 준
마리안느와 마가렛
70대 노인이 되어
편지 한 장만 남기고
홀연히 소록도를 등지고
본국으로 떠난다

78분의 짧은 영화를 통해

삶을 가치를 알려준
환자의 손과 발이 된
아낌없는 사랑으로
희망의 등불로

아직도 소록도에
마음을 두고 간
푸른 눈의 두 천사
아가페 정신이
귀감이라.

아메리칸 드림

옹기종기 밥상에 앉아 온 가족이 둘러앉아
호기심 많은 둘째 조카는
오늘도 질문을 던진다
마음이 여리고 부끄럼이 많은 아이였지만
호기심이 많아 언제나
밥상머리에는 웃음바다가 되곤 했다

질문을 던진 조카는 귀염을 독차지했다
조카의 성취동기는 이러한 호기심이
잠재해 있었던 것으로 생각된다

아버지와 큰 조카는 겸상했고
긴 밥상에서 일꾼들과
함께 밥을 먹었다

공무원인 오빠는 일찍이 개방된 문화를 즐겼다
무엇보다 더 일꾼들과 한 밥상에서 음식을
나눈다는 게 큰 보람이었다

조카는 어려서부터 아메리칸 드림이 있었다.
책상에서 공부할 때면
졸음이 오면 쉽게 내려올 수 있다고
의자에다 끈을 묶어 놓고

졸음을 참으면서 공부하였다

우주항공대학을 선택할 때는
아메리칸 드림이 있기 때문이었으나
가족들은 본 대학 교수로 남기를 원했다

조카는 꿈을 이루었고
착한 아내를 맞이하여 선교 활동을 하면서
딸을 셋이나 얻었으니 하나님의 은혜라

큰딸이 결혼하여 손자까지 얻었다니
이보다 더 큰 축복이 어디 있으랴
얼마 전 조카가 한국을 나왔다

조카는 한국 청년들이
살아가기 힘든 정세를 보고 깜짝 놀랐다

미국은 한국과 달리
무계급 사회와 자유로운 평등 체제 속에
성공적인 아메리칸 드림에 행복감을 느낀다

조카와 짧은 만남은 아쉬움이 있었으나
꿈을 이룬 조카에게 응원을 보낸다.

어린이집

내 가슴을 뛰게 하는
천진난만한 아이들과
웃음꽃이 피어나는
꿈이 있던 곳

미래를 키우는
하얀 백지 위에
세상을 느끼고 배운다

아이들에게 희망찬
미래를 키워갈
교사와 유아가 친밀하게
신뢰감과 자율성을 키워갈
가슴 벅찬 행복

내 삶의 원동력
그들이 자라 사회 나가
세상을 만들어 갈
주인공이 될 때
보람과 긍지를 느낀다

요즈음 아동학대 사건
저출산으로 폐업하고

저출산 원인은
청년들의 미래를 불안하게 한다

인간다움을 추구하면서
가정을 꾸리고
진정한 행복을 추구하고
서로 신뢰하는 사회를
이루어 가길 희망한다

보육 인으로서 사명감과
책임감을 느끼게 하고
심히 가슴 아픈 일이다.

아이와 추억

싱그런 봄 햇살을 받으며
할아버지와 할머니 손을 잡고
귀여운 아이가
우리 어린이집을 방문했다

아이는 해맑은 미소와
피부가 무척 곱고 겉보기에는
별다른 문제가 없는 듯 보였다

아이는 지적장애, 상황판단 대처 능력
언어능력 인지능력이 낮은 아이였다.

나를 무척 따랐던 아이는
어린이집 오는 것을
즐기면서 잘 적응하였다

주의력결핍 과잉행동장애로 주의가 산만한 아이는
어린이집을 떠났지만 보고 싶은 그리움이 앞선다

수십 년이 지난 지금 나에게는
귀여운 6세 아이로 남아 있고
원석아 보고 싶다
그 바람이 이루어질까?

여름의 낭만

무더운 오후 광주를 출발하여
한옥 펜션으로 향한다
뜨거운 태양 아래 쌓였던 스트레스를
바쁜 일상을 잊고 훌훌 털어내고
지인과 함께 떠나는 몸과 마음을 정화시키는
힐링 여행

여름이 무릇 익어가는 산천초목은 온통
초록으로 덮여 있고
들판에는 곡식이 익어가는 소리
풀벌레 소리와 함께 맑은 공기가 산뜻하다

준비해 온 음식으로 만찬은 진수성찬
여행은 몸과 마음을 치유하고
새로운 에너지를 얻을 수 있는
자연의 아름다움을 만끽하며

영혼을 재충전할 수 있는
숲속 향기에 몸을 맡기며
포근하게 감싸주는 한 박자 쉬어가는
소중한 시간의 선물이어라.

진도에 가다

가을이 물들어가는
코스모스 길 따라
문화와 역사를 자랑하는
진도 나들이

판소리와 민요로 뿌리내린
진도 아리랑
천연기념물
진돗개 테마파크

임진왜란 최후 격전지
울돌목 명량해전

안개가 구름 숲을 이루었다는
운림산방
푸른 잔디 위에서
아름다운 선율 따라
오카리나 연주와 라인댄스로
리듬감 넘치는 즐거운 시간

대접받는 점심 식사와
진도 특산물 홍주
목포에서 가져온 와인까지

주는 자나 받는 자도
만면에 웃음 가득

원근 각처에서 모인
동산 가족들
울돌목 주말장터 예술 공연장에서
라인댄스로 아쉬움을 달래고
돌아오는 차 속에서는
재치 있는 사회자 진행으로
낭랑한 시 낭송과 잔잔한 노래는
아름다운 추억으로 기록되길.

영광 문학 축제의 장

눈보라를 가르며 달려간 축제의 장
그리움과 애달픔 시 낭송
마음을 움직이는
아침 이슬처럼
알알이 와 닿는다.

사랑과 애틋함이 담긴
작가들의 글 속에는
눈물과 삶이 살아 있고
오롯이 삶을 품어낸
문학이 가슴을 울린다
글로 장식하는 멋진 봉사와 협력으로
문학으로 숨 쉬는
열려가는 공동체 영광문학

다문화 가족과 함께 엮어가는
다른 문화가 만난 조화로움

엄동설한을 밀어내면 고운 자태로 봄이 다가오듯
굵은 주름에 성성한 백발처럼
인연 서설
달콤하면서도 애틋한
영광 문학이 영원하길.

친정집 추억

숨소리조차 그리운
그리운 고향 집
사립문을 열면 정든 토담집
달빛 모으던 창살 사이로
국화꽃 문양
추억으로 그리움 삼킨다

바람도 마당 가득
장독대 옆에 봉선화 만발
햇살 비추는 뜨락
형제자매 때 묻은 추억

시냇물 따라 정담 꽃피고
방망이 매질하던 빨래터 있던 그곳
바람이 날고 간 고샅길 사이로
외로움 살며시 내려앉아
사무치는 그리움이
밀려올 때면

주인 떠난 지 오래인데
억겁의 세월
친정집 추억이
그리움으로 맴돈다.

파리의 추억

30여 년 전 추억을 더듬어 본다
세느강 유람선
프랑스를 상징하는 에펠탑
달팽이 요리 저녁 먹고
밤 열 시가 되어도
어두워지지 않은
파리의 밤
17년산 와인으로
유럽 여행을 기념한다

웅장한 철탑 에펠탑
엘리베이터 없어
전망대까지 오르지 못한
안타까움
주위에 경관을 한눈에
담을 수 있는
세느강 세계문화유산
한강보다 폭은 좁지만
프랑스의 자존심
역사가 아닌가 싶다

200여 년에 걸쳐 완공된
고딕 양식 노트르담 대성당
파리의 역사요

마음의 안식처로 사랑받고
위엄과 웅장함
2019년 화재로 소실되었지만
2024년 복구 예정이라 한다

전쟁의 승리를 기념하는
개선문
내 생애 불가능은 없다
나폴레옹
개선문을 통과하지 못했다

예술가의 성지 몽마르뜨언덕
화가들의 상징 초상화
패키지여행이라
초상화를 남기지 못함이
아쉬움으로 남는다

루브르박물관
레오나르도 다빈치
그림 몇 점을 감상하고
여행코스를 위해
스위스 국경을 넘었지만
나의 젊은 시절
추억이 아련히 떠오른다.

풍금

내 애장품 풍금은
오늘도 어린이집
한구석에 자리하고 있다

어린이집 운영할 때
천진난만한 아이들과
동요를 부를 땐
인기 최고였다
풍금은 내 그림자처럼
함께 세월을 보냈다

수많은 세월이 지난
지금쯤 골동품으로
귀염을 받고 있는지
세월에 뒤안길로 사라졌는지
궁금하다

내 나이 23살 꽃다운 시절
무서운 결핵으로
가족과 격리된 생활을 하였다

지금은 감기에 불과하지만
인가와 멀리 떨어진

진료소에서 투병 생활을 하였다

철부지 나는 오빠에게
집에 있는 풍금을 진료소에
갖다주라고 부탁하였다

일요일이면 예배 시간에 사용하고
평일에는 풍금을 치면서
나의 투병 생활이 시작되었다

행여 동생에게 무슨 일 있을까
노심초사
지극 정성으로 베푼 사랑
잊을 수 없고
오빠가 보고플 때면
풍금과 함께했던
소중한 나의 추억
오래 간직하고 싶은데
지금은 그리움으로 남는다.

환경운동가

인도네시아
열여섯 살 소녀
환경운동가 니나
12살부터
자연을 사랑하는 소녀
생물학자인 아빠 엄마
현장 실습을 통해 배운다

마을 공터마다 쌓여가는
플라스틱 쓰레기
산처럼 뒤덮인
폐기물 발생량 증가하니
세계 환경 문제를 알리기 위해

플라스틱 쓰레기를 멈춰달라며
편지를 보냈다
5년이 지나도 여전히 해결되지 않고
푸르던 논밭이 플라스틱 무덤으로 변하고
UN 기후변화협약 당사국총회에
초대되어 당당히 목소리를 내기도 했다

선진국에서 흘러온 플라스틱
인도네시아 공장의

연료가 되고
불에 타면
유해 가스와 발암물질인
다이옥신을 내뿜지만
돈을 조금이라도 아끼려
사람들은 위험을 감수한다
지속 가능한 지구는 없다
그러나 우리는
탄소 줄이기에 노력해야 한다

환경운동가 니나는
현장을 직접 찾아다니며
오늘도 목소리를 높이고
세상을 바꾸고 있다.

함께하는 동아리

새봄이 되니
설렘으로 만난 우리
손목 부상으로
의기소침한 건강이
두려움을 밀어내고
훈훈함이 앞선다

함께한 힘일까
얼었던 흙을 뚫고
숨을 틔우며
겨우내 보이지 않던
꽃망울이 터지고

새로운 변화로
웃음 가득 짓고
함께할 동아리
그리움으로 다가오고

문학을 사랑하는
동료들과
삶을 녹여내고
마음을 담아내는
환상의 봄이 되길.

제**6**부

은수저

며느리가 보내준
은수저가
밥상을 빛내고
우리들의 건강을 지켜준다

식탁 위에서도
며느리의 따뜻한
마음을 고스란히 느낄 수 있다

워킹 맘으로 남편 뒷바라지
아이들의 양육까지
힘든 외국 생활에
여러모로 신경을 쓴
며느리에게 감사함을 느낀다

수저를 베이킹소다와 치약으로
닦아 보았더니 더욱 윤이 났다

며느리 정성이 담긴
반질반질한 은수저가
밥맛을 더욱 돋우고 밥상이 빛이 난다
며느리한테 고맙다고 전화라도
한 통화 하여야겠다.

기묘년을 보내면서

다사다난했던 기묘년 뒤로하고
갑진년이 시작되고 있습니다

함께 나눌 수 있어 행복했고
지나온 길 돌아보니
사랑하는 가족이 있었고
동아리 여러분과
함께라서 소중했습니다.

서로의 위로와 격려를 정으로 동행해 주어서
만남이 즐거웠습니다.
한 해를 마무리하면서
되돌아보니
아쉬움도 있었지만

새해는 더욱더 알찬 한 해 되시고
설렘과 희망으로 가득 채우시고
가족과 함께 항상 건강하시고
다복한 갑진년 되시길 염원합니다.

기묘년 끝자락에서^^.

나를 잃어가는

슬프지 않은 병은 없지만
나를 잃어가는
안타까운 일
죽음보다 잔인한
치매

내 기억 속 존재 자체
어린아이로 돌아가는
고통과 어려움
생각만 해도 가슴이 저리다

누구나 두려워하는 질병
뇌세포 퇴화로
점점 사라지는
인지기능

소중한 사람을 기억하지 못하고
가족을 잃어가는
가장 슬프고 무서운 병
누군가의 도움 없이는
일상생활 쉬운 일들도
수행하지 못한 비극

뇌 기능이 손상되면서
인지기능의 저하로
살아있는 식물인간

한번 손상되는 뇌세포는
재생되지 않으며
내 몸을 살리는 유일한 방법
사람과 만남의 대화 속에서
뇌에 강한 자극을 주며
꾸준한 운동을 통해
인지기능 저하 속도를 늦추고
뇌가 위축되는 것을 예방하고
꾸준한 노력만이 균형 잡힌
일상이 아닐까?

부끄러운 여행

연말연시를 이용하여
패키지여행으로
호주로 출발하였다

12월의 날씨인데
맑은 공기 환상적인 전망
한국에 봄가을 날씨

여행 첫날 코스는
멀리 배를 타고
해변을 찾기로 했다

선상 런치 뷔페는
한국에서 먹어보지 못한
생선들로 가득하다

깨끗한 해변은
감탄이 절로 나오고
바로 옆 해변에는
나체로 해변을 거느리며
수영도 한단다.

마음은 가보고 싶었으나

차마 용기를 내지 못했다
나 역시 벗고 가야만 했기에

호주에는 연말연시
자정이 되면 누구나 끌어안고
키스를 하는 풍습이 있다고 한다

우리 일행 중 노처녀가 있어
의견을 물었더니 완강하게 거절하여
애석하게도 가보지 못했다

마지막 날 가이드 안내로
호주 명품인 양모시장을 들렀다

양모 설명을 듣고 나니
구매 욕구를 참지 못하고
양모 담요와 이불
오메가-3 일 년 치를 구입했다

여행은 만족스러운 선택이었지만
30여 년 전의 부끄러운 여행이었다.

돼지고기 호박 찌개

신록을 부르는
여름
아침에 창밖에는
말 못 할 그리움으로
추적추적 비가 내린다
제멋대로 웃자란 초목 사이로
콧등이 시큰해지고
가슴이 뻥 뚫린 것처럼

비 내리는 풍경은
시야에 가까이 다가오고
빗줄기가 굵어지면서
빗방울이 창을 때리는 소리
물방울의 무게를 이기지 못하고
떨어지는 모습이 정겹다

오늘처럼 이렇게 창밖에 비가 내리면
그리움만 더해가고 기억나는 추억에
눈시울이 붉어진다

물을 많이 넣고 끓어준
얼큰하고 시원한 돼지고기 애호박 찌개
엄마의 음식이 그리워진다.

성탄절

메리 크리스마스
차가운 바람을 뚫고 사랑을 나누는
서로 인사를 나누며
연말연시 메시지를 띄운다
우리 교회는 풍성한 재롱잔치가 열렸다

두 살 유치부에서
구십이 가까운 권사님까지
걸음걸이도 불편한 권사님들
엉덩이를 흔들려 대는
칠십 중반 라인댄스
각 가정마다 준비한 재롱들

재치 있는 유치부 재롱
틀렸다고 부끄러워하는
가족에게는 큰 박수로
사회자의 센스 있는 퀴즈는
즐거움을 더해준다.

따뜻한 온정이 넘치는
포근한 가슴이 오래도록 함께 하길…

메리 크리스마스.

세배

진통이 심한
고통을 줄이기 위해
깁스로 지지대를 하고
밤잠을 설치는
좁은 침대가
일상이 되었다

다인실을 선택하여
환우들과 고통을 소통하며
하루하루가
건강했던 지난 시간이
가슴 뭉클하게 전해진다

병상에서 맞이한
설날 아침
멀리 캐나다
손자 · 손녀가
예쁜 한복을 입고
할아버지 할머니
새해 복 많이 받으세요

동영상 한 장면에
진통이 심한
아픔은 어디로 가고
가슴으로 느껴지는 행복.

아들

따뜻한 겨울 햇살
적막한 병상 생활
유선有線 따라 다가온
부드러운 목소리

차가운 공기를 밀어내고
2월의 병실은
봄 향기로 가득하다

좀 어떠세요?
보이지 않는 아들 얼굴엔
내 마음을 읽은 듯
행복한 미소가 번진다

마음은 어느새 풍성해지고
병상에서 받은 아들의 목소리는
귀한 선물 같은 존재다

행복은 생각보다 가까이 있고
평범한 인사에 담긴 사랑
마음 설레게 다가온다.

연서

꽃 냄새 그윽이
부드러운 바람결
아카시아
향기 따라

그윽한 향 내음 안고
코끝에 달콤한
그리움 피어오르고
임의 고운 햇살
불꽃처럼 타오르는
화사한 미소

귓전에 속삭이는
달콤한 밀어
살포시 실어
마음 채워주는
연서를 띄운다.

이사

이사를 하였다고
메시지가 도착했다

이국 멀리 타향살이
무척 힘들 텐데
열심히 살고 있구나

보이지 않은 풍경이
가슴으로 그려진다

가질 수 없을 것에 기대
가졌다니 너무 아름답고
가슴이 벅차오른다

참 대견하다
그리고 고맙다

너희들 그 성실함이
삶의 기쁨 씨앗이 되어
멋진 미래가 되는
단란한 가정의
모습이
선하게 눈에 보인다.

저출생 위기 대응

아이들 보기가 힘들고
아기 울음소리 듣기
어려운 세상이 되고 있다

사람들이 줄어들고
빈집과 폐교가 늘어나며
결혼과 출산이 감소하는
심각한 당면의 문제

출생률을 높이기 위한
사회보장제도 구축
교육제도, 주택제도
환경체계에 대한
총체적 혁신이 필요하다

국민이 머리를 맞대고
고민하고 해결책을 찾는
방안을 적극적으로 모색해
저출생 대책으로

결혼을 응원하고
아이를 낳고 기르는데
심각한 대책이 필요하다

아이들이 서서히 부족해지고
우리가 사는 사회보다
내 아이가 사는 세상이
좋아져야 할 텐데

내가 사는 사회보다
내 아이가 사는 세상이
더 나빠지고 있다니
심히 마음 아픈 일이다

그러나 우리는 위기에
강한 국민이기에
극복하리라 믿어보리라.

초대하기

찜통 같은 더위에
숨이 턱턱 막히고
열대야가 이어지지만

고향을 달리는
내 마음은
늘 초등학교 시절의
소풍 가는
설렘과 떨림으로
짜릿한 흥분으로 가득하다

폭우가 지나가고
폭염이 기승을 부리는
여름의 파란 하늘엔
뭉게구름이 두둥실
눈이 부시게 아름답다

80년 세월을 격의 없는
언제 어느 때 만나도
반갑고 스스럼없는
어린 시절 코흘리개
죽마고우

고향 담벼락에 매달린
담쟁이넝쿨 같은 끈끈하고
질긴 우리들의 우정

여름 보양식 흑염소로
배를 채우고
디저트로 복숭아까지
분위기 좋은 카페에서
티타임은 시간 가는 줄 모르고
회의가 진행 중이다

친구들과 함께하고
싶은 마음에서
서울에 거주하는 친구들을
고향으로 초대하여
마음만은 아직까지
향수로 마르지 않은
지난 시간을
고향에 대한 그리움으로
함께하길 기대한다.

택배 문화

딩동댕 택배가 왔어요
시원한 음료수를 건네면서
반가운 택배를 전달받는다

인터넷 쇼핑이 대중화된
현대 사회에서
택배는 없어서는 안 될
필수적으로 자리 잡고 있다

편리한 택배 문화는
스마트폰을 이용하여
다양한 기능과 용도로 간편하게
결제할 수 있으며
필요한 상품도 쉽게 구매할 수 있다

주문 후 바로 다음 날이면
받아볼 수 있고
당일 배송과 새벽 배송도
소비자의 집 현관까지 배달한다

우리들의 삶을 더욱 편리하고
풍요롭게 만들어나가고 있다

현관 앞에서 사진을 찍어
택배 배달 완료
문자를 넣어 주기도 한다

한국 택배 시장은
인정받을 수 있고
국제 택배 시스템은
세계 무역으로 발전했다

인터넷과 통신 기술이 발전해도
물리적으로 배달이 어려운 지역은
드론을 이용하여 배달의
사각지대를 메우고 있다

드론을 활용한
배송 시대가 성큼 다가왔다.

택배

멀리 캐나다로
내 작품 두 권을
아이들한테
택배로 발송했다

우송비가 41,620원
우송비가 책값보다는
비싸지만 보내주고 싶었다

내가 평소 감명 깊게
읽었던 책
먼나라 이웃나라
이원복 작가님이
세계 역사를 만화로
집필한
네덜란드 편, 프랑스 편,
도이칠란트 편, 영국 편,
스위스 편, 이탈리아 편
책 6권을
손자들한테도 보내고 싶어
발송하였더니
우송비가 80,000원이 나왔다

마음을 움직이는 가장 큰 힘은
물질적인 돈이나 권력이 아니라
정신적인 풍요로움을 더해주는
문학의 정서로 살아가는
힘이 되었으면 하고 발송했다

무엇보다 더 우리 아이들이
몸과 마음이 건강하게
무럭무럭 자라나길 바라면서….

풍요와 함께 다가온 위기

급격한 산업화로 인해 환경 오염된 플라스틱
지구 환경 3대 위기 사람의 생명까지 앗아가는 현상

일회용 플라스틱 증가는
대기오염뿐 아니라 해양오염
생태계를 위협하고 지구촌 환경을 악화시키고 있다

바다로 흘러든 플라스틱 바닷속 동식물에게 피해를 주고
인간이 편리하자고 고기에게 플라스틱을 먹이면
자식에게 독약을 먹이는 것과 같다

무심코 버리는 플라스틱 바다를 오염시키지 말고
너와 나만의 문제가 아니라
전 세계인이 미래세대를 위협하는 문제가 됐다

고기에게는 맑은 물에서
살아갈 권리가 있고
사람은 오염되지 않은 맑은 공기를 마실 권리가 있다

플라스틱은 1868년 발명하여
일상생활 필수품처럼 사용했고
플라스틱 과다 사용으로
1970년 6월 5일을 환경의 날로 정해 피해를 막는데

세계인이 참여하자는
운동을 벌이고 있다
1950년대 세계 곳곳에서
수질이 오염되고, 기후변화로
위험 수위에 이르게 되었으며
2024년 6월 5일 "환경의 날"에
환경부 장관은 플라스틱은
"신의 눈물"이 될 처지라고 했다

일회용 플라스틱 사용을
줄이지 않으면 이로 인한 오염이
지구촌에 살아 숨 쉬는 모든 생명체를 위험에
빠뜨리게 될 것이다

나 편하자고 아무 생각 없이 사용한 플라스틱은
자연뿐 아니라 인간에게도 살상 무기가 된다는 것을
우리는 알아야 한다

지구가 무너지면 회복하기 어렵다
환경을 오염시키는
플라스틱이 "신의 눈물"로 다가오기 전에
우리는 모두 각성하여야만 한다.

폭설

밤새 내린 눈이 하얗게 덮어버린 세상
끝없이 펼쳐진 순백의 설원의 멋진 풍경
밤새도록 내린 눈은 도로를 가득 메우고
전국적인 대설주의보 제설 작업을 하여도
함박눈은 또다시 계속 쌓인다.

어릴 적 추억 밤새도록 내린 눈이
처마 끝에 고드름 주렁주렁
환상 속 낭만 고향의 풍경이 그리워진다.

나뭇가지 위에 소복이 쌓인
목화 꽃송이처럼
혹독한 추위 속에서 눈꽃 송이
설원이 펼쳐지는 겨울

폭설로 발이 묶여 도로는 빙판길
온 세상이 살얼음이다
폭설과 매서운 겨울이 지나야
만물이 소생하는 봄이 오겠지.

한 해를 보내면서

발자국도 없는
흔적 사이로 지나간 계절
해찰도 안 하고 살아왔건만
터질 것만 같은 연정

채우기 위하여 노력하고
푸념일랑 날려 버리고
바람이 스쳐 가는
지난 시간

아름다운 노을빛
은은히 물들어가는
수채화처럼
추억으로 함께했던
2023 마음에 새긴
마무리되길
엮어 보련다.

11월을 시작하면서

두 장 남은 달력이
가을을 재촉한다

붉은 단풍이
타고난
재로 남겨 둔 채
쌓아 두었던
아름다움이
추억으로 남는다

아쉬움 가득한
세월의
뒤안길에
홀연히 길 떠나는
너를
붙잡고 싶다.

호박

이른 봄이 되면
씨앗을 뿌려
하루가 다르게 커가고
어머니의 호미 날로
정성 들여 가꾼 텃밭

오뉴월 땡볕에
가랑비 촉촉이
내려앉으면

훌쩍 자란 호박
화알짝 핀 호박꽃
가슴 열어 놓으면
벌들은 윙윙
나비는 훨훨
주고 나누면서
긴 여름 이기고

하루가 다르게 커가는
노랗게 익어가는 모습
신비와 자연의 감동
늙은 호박처럼
한 생애를 묵직하게 살아낸
어머니 삶.

캐나다에서 온 선물

추석이라고 며느리가
화장품 세트를 보내왔다
받고 보니 너무 기뻐서 무엇으로 보답하고 싶은데
김, 멸치, 오징어 등을 생각하다 말고
우체국으로 전화를 했다

한국에서는 발송은 가능하나
규칙에 맞지 아니하면
캐나다 세관에서 폐기 처분한다고 한다.

캐나다에는 추석이 없고
추석을 느끼기도 어렵다 한다
한국과 13시간 차이가 날 뿐 아니라
보름달도 볼 수 없기 때문이기도 하다

추석 명절은 우리 고유문화
조상들의 은혜에 감사하며
한 해 농사를 끝내고
오곡을 수확하는 민족의 대명절이다
소중한 가족들과 함께 하지 못함이
아쉬움으로 남고 멀리 있는 아들 가족에게
그리움으로 달려 본다.

제 7 부

감사

보자기 속에 가득 찬
귀한 상자
열어보니

눈으로 볼 수 있으니 감사
귀로 들을 수 있으니 감사
감사가 마음에 가득하니

아픔도 고통도 이길 수 있으니 감사
고난을 극복할 수 있으니 감사
병든 자를 보아도 감사
가난한 자 보아도 감사
마음이 풍족하여 감사

감사를 깨닫게 하여주심에 감사
감사하는 마음으로
다른 사람에게 기쁨을 주니 감사

이 모든 감사가
세상을 이길 수 있어 감사
오늘도 보자기 속에
감사가 넘쳐나길.

사과

은행잎 노랗게 물들이고
깊어가는 가을
맑고 따가운 햇볕 아래
빨갛게 익어가고

은박지 곱게 썩어
깊숙이 햇빛 들어오고
일조량이 풍부하여
눈부시게 익어간다

가을은 사과의 계절
풋풋하고 싱싱하게
빨갛게 익어가는
그 맛
농부의 땀

군침을 흘리게
풍성한 수확
한 줌 햇살에도
곰삭아 익어가는
가을 해거름을
물들이고 있다.

동창 모임

차창 넘어 푸른 들판
고향 냄새를 맡으며
도착한 곳은
농협에서 주민들을 위하여
마련한 쉼터에 도착하였다

벌써 고향 친구들의
담소가 시작하면서
각처에서 오는 친구들을
기다리고 있었다

정년퇴임을 하고
고흥에 터를 잡고 지낸
임 과장 부부가 도착하고
광주에서 온 친구까지
합세하여 점심 장소로
이동하였다

고향의 음식은
언제나 향수를 달랜다
일 년에 세 번 만나
회포를 푼 동창 모임인데
살아온 날보다

살아갈 날이 더 가깝다고
일 년에 네 번으로 규칙을 바꾸었다

그동안 팔목 부상으로
모임이 지연되다 보니
할 말은 끝이 없었다

주름진 얼굴엔
웃음꽃이 만발한
잔잔한 그리움을
뒤로하고 돌아온 발길은
벌써부터 만날 날이 그리워진다.

무서운 세상

인간이 살아가는 세상에는
날마다 다양한 사건이 발생한다
문명의 발달로 인해 우리는
좋은 혜택을 많이 받고 있지만
때론 삭막한 세상이
거부감이 오고 무섭다

몸 상태가 좋지 않아
병원을 찾았다
깜짝 놀랄 만한
진단 결과가 나왔다
감기에다 코로나까지

눈에도 보이지 않는
조그마한 바이러스가
지난 3년간 세상을 강타하고
온 천지를 휘저었으면
물러갈 뻔한데
또다시 찾아와 행패를 부리다니
어이가 없다

약값은 왜 그리 비싸며
좁쌀 같은 두드러기가

온몸을 짓누른다

기후변화로 인하여
올여름 폭염으로 인명피해도 많다
우리는 어떤 생활 자세를 취하여야 하며
우리의 미래는 과연 어떻게 될 것인가?
자연은 마냥 무한하고 너그러운 줄만 알았다
인간이 자연의 주인인 양
천지사방을 들쑤시며 오만했다

그 결과 인간도 환경도 모두 황폐해졌다
인간의 자연환경 훼손이 그 한계를 넘어섰다
기후변화를 막기 위해 어떻게 할 것인가?
안일한 생각이 위험을 키운다
행동이야말로 선택이다
즉시 행동하라 그것이 우리를 살린다.

부족함 속에 풍족함

고향 집 초가집은
봄이면 아지랑이 피어오르고
시냇물이 졸졸 흐르고
송사리가 떼지어 노닐던 곳
친구들과 물놀이 놀이터

소중한 기억들 생생하게
어릴 때의 추억들
어머니는 베틀로 목화 천을 짜서
자식들의 옷을 지어 주시고

아버지는 새끼를 꼬아 만든
마당에 멍석 펴 놓고
여름이면 모깃불을 피워 놓고
수박화채를 먹던 시절

손재주 좋았던 아버지는
생활용품들도 직접 만들고
대나무로 엮은 빗자루로
마당을 쓸었다

고된 몸 멀리하고
밤이면 호롱불 밑에

책을 읽으시고
옛날이야기도 들려주시는
자상하신 아버지

유기농 재배로
모든 농산물은 자급자족하고
시골의 자연환경과 친구 되어
부모님들의 생활 환경으로
부족함 속에서도 풍족한 교육이
그리움으로 가득한 아침이다.

삶을 바꾼 위대한 기계

나는 오늘도 컴퓨터 앞에서
글쓰기를 시작한다
난필인 나는 천만다행이다
아날로그 시대는 글을 잘 쓰는 사람은
인기가 많았다

글을 예쁘게 쓰신 오빠는
직장 생활을 바쁘게 하였다
모든 업무를 수기로 하였기에
직장에서는 인기가 많았다

하지만 시대는 어느덧
인간의 능력인
컴퓨터가
인류의 삶을 바꾸게 되었다
수학의 길잡이로 유명했던
주판도 컴퓨터로 인해
사양길을 걷고 있다

학교 리포트 제출도 컴퓨터로
어린이집을 운영했던
수십 명 넘은
교사들 월급도 인터넷 뱅킹으로

모든 운영체제에 따른
구청 서류 접수도

손으로 편지를 쓰지 않아도
전송된 전자우편
각종 모임 SNS 통신망
지식과 정보의 원천이 되는
컴퓨터의 위대함을 생각하니
새삼 고마움이
가슴을 울컥하게 한다.

서울 방문

밤잠을 설치고 터미널에서
친구를 기다리고 있었다
이른 새벽부터 고향에서 달려온
친구와 함께 서울행 버스에 몸을 실었다
지난 토요일에 고향에 내려가
동창 모임을 가졌다

한 친구가 동창 모임에 거금을 협찬하였다
이 돈을 어떻게 사용할 것인가?
안건이 있었다
고향 친구들이 서울로 상경할 것인지
서울 친구들이 고향을 방문할 것인지

2년 전 서울 친구들이 고향 친구들을
서울 방문으로 초대하였다
팔십을 바라본 하얀 머리
주름진 손을 붙잡고 가슴을 뛰게 하였다

짧은 만남에 헤어질 때
우린 또 만나자고 했건만
글쎄 언제쯤 만날까?
그러나 마음속으로 외쳤다
우리는 꼭 만나야 해

그런데 우리는 2년 만에 만났다
그동안 하나둘씩 세상을 등지고
살아서 만난다는 기쁨은 소중하였다

서울 친구들이 1박 2일로
10월경에 고향 방문을 하자는
안건이 처리되었다

친구와 나는 기쁜 소식을 가지고
늦은 시간에
광주 터미널에 도착하였다

친구를 고향으로 잘 가라고
배웅을 하고
나는 외친다
간절히 원하면 이루어진다더니

10월에 다시 볼
친구들을 생각하니
내 마음은 벌써
10월에 도착하여 있었다.

마음을 담아서

함께 해온 그대들이여
봄여름 가을 겨울 흘러온 세월
봄을 노래하며 아름다운
시 한 편 담아 햇살만큼 따뜻함이 전해온다

눈부신 그대들의 미소가 싱그런 바람
가득한 저편 하늘가에서 다가온다.
꽃피고 열매 맺는 숨결이 향기롭게 마음을 설레게 한다

눈을 감고 주변 소리에 귀를 기울이면
정신적인 교감 삶의 활력소 문학의 꽃을 피워 갈 수 있는
마음의 감동 가득 안고 찾아온다

행복은 소유가 아니라 관계에서
더 값지고 보다 아름다운 인생
오랜 묵향처럼 오래도록 따뜻하게 서로 감싸며

살아오는 날 보다 살아가는 날이
얼마나 남지 않은 소중한 시간들
눈이 시리도록 파란 바다를 바라보듯 가슴 설렘으로
팔십 대 나이를 극복하고 이십 대 청년의 용기로
왈칵 쏟아질 것만 같은 봄을 맞이하자.

아름다운 인내

정신적인 교감은 삶의 활력소
손잡으면 험한 일도 잘 풀리고
빈궁할 때 사귄 벗은
쉽게 잊히지 않고
함께 나누며
때론 공감하게 된다.

참은 것 억울하지만
인내는 보람이 있다

용서는 반성하는
사람에 대한 선물
어제의 어둠을 밀어낸
자리에 아픔을 겪어내
성실히 살아낸 오늘이
쌓여 찬란한 내일이
될 것을 믿는다.

우리 곁에는 소중한
사람이 함께하기에
문학의 꽃을 피워 갈
그리움으로 수를 놓아 보자.

소중한 책

봄바람은 아직도 차갑다
품속을 파고든
목련은 꽃대가 올라오고
잎이 무성해진다

목련을 좋아한
오빠는 목련이
피기 전 세상과 이별을 했다

시를 무척 좋아한
오빠는
고등학교 2학년
수학 여행비로
책을 펴냈다

그 소중한 책은
화재로 인하여 사랑채가
책과 함께 전소되고 말았다

오빠에게는
큰 슬픔이었다.

동생과 함께 출판하겠다는

약속은 이루지 못했지만
몇 년 전 오빠의 유고집과
함께 출판하였다

오늘도 나는 글을 쓰면서
목련을 좋아한 오빠에게
이루지 못한 꿈과 함께
한아름 안겨 드리고 싶다.

아름다운 여정

우리가 삶을 사랑하면
보물이고 선물이다
인자한 말 한마디로
서로의 마음을 나누고
유쾌한 말 한마디가
사랑과 용기를 주고
따뜻한 말 한마디가
우리의 인생을 바꾼다

부주의한 말 한마디가
삶을 파괴하고
쓰디쓴 말 한마디가
증오의 씨앗이 된다

우리의 인생은
아름다운 여정을 찾아가는 것
서로 지혜를 모아 생각의 차이를 좁히고
조금씩 양보하며
긍정의 눈으로 바라보자

누구나 인생은 빛나고 아름다운 것
서녘 하늘 저물어가는
우리의 황혼도 붉은 노을이어라.

인내

어렵고 힘들 때 자신을 깨닫고
세상을 바라보는 새로운 시선으로
상황을 이겨내고
넘어질 때마다 오뚝이처럼
일어서는 것이다

성공하는 사람들을 보면
특별한 능력이 있어서라기보다는
뛰어난 인내력이 있음을 알 수 있다

재능이 많은 것만으로도
훌륭한 교육을 받은 것만으로도
성공하지 못한 것은 인내가 없기 때문이다

세상을 바라보는 아름다운 생각으로
내 주변을 보듬으며 아름다운 노을빛
황혼기 인생의 한 페이지

최고의 명약인 웃음으로 몸과 마음을 치료하고
가을빛 햇살 아래 은은히 피어나는
붉은 단풍처럼 인내와 지혜로
살맛 나는 세상을 만들어보자.

정약용

편지로 가르친 아버지의 사랑
폐족으로서 처신하는 방법은
오직 독서하는 것뿐이다

아비의 간절한 소망을
저버리지 말아다오
유배 생활을 하는 동안
자식에게 보낸 편지다

폐족의 자식은 관직에
나갈 수 없기 때문에
오직 독서로서
미래를 여는 새로운 문이
될 수 있음을 말한 것이다

유배 18년 동안 500여 권
저서를 남겼다

말발굽 소리만 들려도
언제 사약이 내려질지
얼마나 불안하고
괴로운 시간이었을까

자신의 학문을 더욱 연마해
18년의 귀양살이에
희망의 끈을 절대 놓지 않았던

조선 후기 실학사상을
집대성한 인물로 평가되는
역사상 가장 탁월한
저술 활동을 펼쳤던
위대한 인물.

죽마고우 만나러 서울에 간다

새벽길 가르면 버스에 몸을 실어
떨치지 못한 그리움 안고
친구들이 기다리는
서울 길을 달린다

노을 자락 빗장 열고
반겨 줄 친구들을 생각하니
마음은 벌써 설렌다

만남을 그렸기에 눈물을 감추며
먼 데서 온 길손을 부둥켜안고 맞이한다

그리움으로 가득한
만남의 기쁨이 잔주름이 가득한
세월의 무게가 애틋한 그리움으로
추억을 더듬어 못다 한 이야기가 끝이 없다

희끗희끗한 흰머리 무게만큼 내려앉은
주름진 얼굴은 더 정겨워 보이고
세월의 흔적들이 주마등처럼 스쳐 간다

고향 축제의 밤에 형환 친구 노래가
고향 밤하늘을 울렸고

재덕 친구 집에서는 밤새도록
하얀 밤을 지새우는 젊은 날에 추억들
인국 친구는 전국으로 흩어져
살고 있던 친구들을 초대하여
밤새 연회를 가졌던 잊을 수 없는
소중한 기억들

끈끈한 우정으로
동창회 모임을 반석 위에 세워준
이미 고인이 된 득주 친구가
많이 보고 싶고 그리워진다

천진난만한 어린 시절
물장구치던 시냇가
추억들이 가슴속에
아릿하게 남아 있고
우리들의 추억의 놀이터

내 고향 득량만은 어머니 품속같이
낭만이 살아 있고
인생을 기름지게 만든
오랜 세월 동안
변치 않는 나의 좋은 벗들.

책

그렇게 읽어 보고 싶었던
책들은 세상에 널려 있는데
나이 탓일까?
마음처럼 읽지 못하다니
심히 안타까운 일이다

어렵고 힘든 어린 시절
읽고 싶었던 책은 없고
어쩌다 어렵게 구한 책을
호롱불 밑에서 꿈같은 달콤한
시간들은 잊을 수가 없다

책 속의 푹 빠져 책을 덮고
잠을 잘 수가 없어
하얗게 밤을 지새우는 날도 있었다

책을 읽는다는 것
삶의 정서와 사고를 윤택하게 해주는
힘의 원천이다

물질 만능 시대
돈의 가치보다 책은 정신의 가치
책장에는 책들이 빼곡히 꽂혀 있고

한 권의 책은 그 사람의
온 생이 담긴 마음을 만나는 것이다

멋진 책을 언제든 볼 수 있으니
이 세상은 천국이 아닐 수 없다
책을 보다가 눈을 질끈 감고
감동을 느껴본다

책은 출판하는 것이 아니라
출산한다고 표현하고 있다

책을 통해 세상과 소통하며
긍정적 가치를 일깨워주는
많은 지혜를 배운다

책을 읽는 습관은
나의 삶에 평생 재산이 되고
아무도 빼앗아 가지 못하는
인문 정신의 문화적 가치다

오늘이 마지막인 것처럼
책을 사랑한다면
내일은 선물처럼 다가올 것이다.

할아버지의 희망

할아버지의 소원은
손자가 건강하게 자라주는 게
소박한 꿈이다

베트남 며느리는
생활고로 아이를 남겨 두고
고국으로 돌아가 소식이 없다

할아버지는 집이 없어
남의 집을 관리하면서 어렵게 살고 있다

날마다 붕어를 잡아
팔아서 생계를 유지한다.
그나마 생태계가 좋지 않아
붕어가 잘 잡히지 않는다.

시장에 갔다 파는 것은 할머니의 몫이다
앞이 보이지 않는 할머니는
10살 손자가 지팡이가 되어준다

손자가 앞에서 지팡이를 잡고
할머니는 지팡이를 잡고 뒤를 따른다.
붕어 대야를 머리에 이고

80대 할머니는 쉬운 일이 아니다

길을 가다 넘어지면
어린 손자는 할머니를 일으키고
길바닥에 흩어진 붕어를 주워 담아
시장을 향하여 길을 나선다.

그러나 붕어 파는 일은
무척 어려운 일이었다.
팔지 못하면 다시 집으로 가지고 간다.
방송을 보는 내 마음도 먹먹하다

육십 평생을 함께해온
노부부는 서로의 얼굴을 매만지며
험한 세상을 이겨온 위로의 말 한마디가
깊은 애환의 삶이
감사와 감동의 시간이었다.

편하게 누리는 내 삶이
미안함과 함께 감사하게 느껴진다.

피아노

침대 옆에
함께 자리한
낡은 피아노

내 인생의
친구가 되어 준
소중한 존재

동요를 부르면서
천진난만한
동심의 추억들
눈에 선하게
아이들이 그리워진다

노년에 풍요로움에
감사가 넘칠 때
피아노를 치면서
마음을 표현하고

격조格調 있는
나의 삶에
부모님께 감사할 뿐이다.

제**8**부

가족 사랑

　남편이 서울을 다녀올 때면 암웨이 제품을 한 보따리씩 가지고
온다. 남편은 친구를 좋아하여 한두 달에 한 번씩 서울을 올라가
친구들하고 회포懷抱를 풀고 동생 집에서 기거하면서 며칠씩 묵고
온다.

　남편에게는 이란성 쌍둥이 남동생이 있다. 독일에서 학부를 마
치고 한국에서 거주하고 또 한 분은 미국으로 건너가 미국에서
학부를 마치고 미국에 그대로 눌러살고 있다.

　미국에서 거주한 시동생은 한국에 있는 가족 모두에게 암웨이
영양제를 제공하여 가족들의 건강에 큰 도움을 주고 있다.

　나이가 들면 신체기능이 제 기능을 발휘하지 못하고 면역력 또
한 저하되어 활력이 떨어지는 세월의 흔적들이 음식을 통해 비타
민과 미네랄을 충분히 섭취하지 못하면 체내 대사가 제대로 이루
어지지 못할 나이가 된다. 그러기 때문에 음식을 통해 섭취하지
못한 것을 영양제로 보충하여야 한다. 성인병을 방지하기 위해서
라도 고함량 종합비타민을 챙겨 먹는 것이 좋다.

　Nutrilite(뉴트리라이트) 건강식품은 암웨이(Amway)의 대표적
인 브랜드로 비타민, 미네랄, 식이섬유 등의 고품질과 안전성을
강조하고 있다. 암웨이 뉴트리라이트 브랜드의 가치는 전 세계적
으로 판매 1위를 달리고 제품이 전달하는 유명한 건강보조식품

브랜드 중 하나로, 제품의 자연 성분과 고품질의 효능으로 유명하다. 직접 농장을 운영하고 생산을 담당하여 제품의 안전성과 신뢰성이 높은 것으로 평가받고 있다. 필자도 어린이집을 운영할 때 주방세제, 세탁세제, 욕실용품, 등을 암웨이를 사용했다.

암웨이 설립자는 환경과 건강에 대한 고려를 바탕으로 개발했고, 사람의 몸에 무해하고, 환경까지 친환경적인 제품이라는 것이 믿음이 간다.

또한 제품을 모두 사용하고 남은 통마저도 다시 환경으로 돌아갈 수 있는 그런 환경을 깊이 생각한 설립자의 마음이 신뢰가 간다. 고객들의 안전성과 만족도를 중요하게 생각하며, 제품의 품질과 신뢰성을 강조하고 있다. 팔순을 바라본 필자도 암웨이 샴푸를 사용한 덕분에 머리가 빠지지 않고, 또한 뉴트리라이트 건강식품으로 건강을 잘 유지하고 있으니 참으로 감사한 마음이다.

무엇보다 더 고향을 지키는 시동생 부부에게는 늘 미안함과 고마운 마음뿐이다. 편한 도회지 생활을 접고 부모님이 살아 숨 쉬는 강진에서 조부모 시부모를 모시며 버거운 시골 생활을 했던 동서가 다리가 아파 고생을 많이 하였고, 이번에는 시동생이 허리 수술을 받고 회복 중이다.

장남인 남편 대신 고향 선산을 지키는 시동생 부부에게는 무거운 짐을 떠맡긴 것 같아 늘 죄송한 마음뿐이다.

한낮의 열기는 식을 줄 모르고 열대야도 아직 기승을 부리는데, 우리가 느끼는 무더위와 상관없이 자연의 섭리로 들판에는 벼 이삭이 익어가고 온갖 과일들은 탐스럽게 한가위를 독촉한다.

이맘때가 되면 파란 하늘빛 사이로 엄마가 보고프고 육 남매의 추석빔을 해주고 싶어서 밤새워 재봉틀을 돌려서 손수 우리들 옷을 만들어주셨던 엄마와의 추억이 생생하게 생각난다.

 가난한 농부의 아내였기에 다 사줄 수는 없고, 철없는 우리는 그저 손꼽아 기다리면서 좋기만 했던 추석이 엄마에게는 힘듦과 고난이었음을 그때는 몰랐었다. 그때를 알았더라면 우리 엄마는 좀 더 행복하셨을까? 지금 생각하면 엄마의 사랑은 영원한 힘이 었다. 이번 추석에는 며느리한테서 화장품 세트를 선물로 받았고, 뉴욕에 있는 시동생한테서 귀한 영양제를 세트를 받아서 너무 행복하다.

 다만 영국에 있는 딸하고는 자주 연락을 못 하여 아쉬움이 남는다. 우리 선조들의 진리 말씀에 의하면 두툼한 솜이불보다 얇은 영감의 소매 적삼 자락이 더 따뜻하고, 그 향기의 은은함이면 옛날 새색시적에 아내가 바르던 분 냄새 같다고….

 가족은 삶이 시작되고 사랑이 끝나지 않은 곳이며 가정이야말로 고달픈 인생의 안식처라 하였다. 가족들이 서로 맺어져 하나가 되어 있다는 것이 정말 이 세상에서의 유일한 행복이다.

 우리 고유 명절 추석이 다가오고 있지만 흩어져 있던 가족들이 각자 삶의 터전에서 충실하다 보니 한자리에 모이기는 힘들고 만나지 못하는 아쉬움은 언제나 가족의 그리움으로 나이가 들어갈수록 더 해만 간다. 우리가 삶을 사랑하기 시작하면 삶은 순간순간 보물이고 선물이다.

 천재는 노력하는 사람을 이길 수 없고, 노력하는 사람은 즐기는 사람을 이길 수 없다고 하였다. 기다리는 사람에게는 좋은 일이 생기지만. 그러나 찾아 나서는 사람에게는 더 좋은 일이 생긴다. 더욱더 값지고 더욱더 아름다운 인생을 설계하면서 내 삶의 진정한 가치를 찾기 위하여 오늘도 감사하는 이 하루하루를 또 달려갈 것이다.

병원 생활

입원한 지 10일 만에 팔에 깁스를 한 상태에서 퇴원하였다.

퇴원을 축복하듯 오늘따라 촉촉이 비가 내리고 있었다.

치료비가 부담스러워 통원 치료하기로 하고 퇴원을 서둘렀다. 병원비 명세서를 보니 생각보다 입원비가 많이 나왔다. 수술비가 가장 많이 나올 거로 생각했는데 부수적인 경비가 너무 많아서 깜짝 놀랐다. 통원 치료하기로 했던 것이 천만다행이다.

날마다 병원을 방문하여 상처 부위에 소독하고, 어느 정도 치료가 끝나면 통깁스를 하여야 하고, 재활 치료까지 받아야만 팔 사용하는 데 불편이 해소된다고 한다.

최소한 수개월 동안 치료를 해야 하니 제한된 생활을 하자니 여러 가지로 불편함이 많다. 그동안 건강하여 병원에 갈 일이 없어서 감사한 마음이었는데 뜻밖의 사고를 당하고 보니 많은 생각을 하게 되었다.

남편과 함께 운동을 마치고 집으로 돌아오는 길에 마치 구정도 다가오니 노상에서 파는 물건을 구경하면서 나도 구정 음식을 무엇을 살까 하고 있는데 어떤 할머니가 유모차(자기 수족처럼 끌고 다니는)를 굴리고 가다가 나와 부딪친 것이다.

나는 그 자리에서 그만 넘어지고 말았다. 어렵게 일어서고 보니 오른손을 움직일 수가 없었다. 할머니가 보이지 않아 두리번거려 찾았는데 벌써 그 할머니는 버스 승강장에 가 있었다.

"할머니, 유모차를 조심히 끌고 다니시지, 나한테 들이대면 어떻게 하십니까?" 하였더니 할머니 하는 말씀이 당신이 힘이 없어서 넘어졌다고 하면서 도리어 큰소리를 치는 것이었다.

잘못을 했으니 미안하다고 하시면 될 텐데, 미안한 기색도 없고 죄송한 기색도 없는 할머니에게, "나이 들어가면서 그렇게 사시는 게 아닙니다." 하고 말을 남기고 서둘러 남편하고 병원으로 향하였다.

병원에 도착하니 대기한 환자들이 많았다. 오후 늦게서야 입원 절차를 밟고 의사 선생님을 만났다. 손목뼈가 두 개가 부러졌고 상처 부위가 너무 커서 지지대가 필요하다고 하였다.

진단명 '우측 척골과 요골 모두의 하단의 골절'.

수술명 '관혈적 정복 및 금속판을 이용한 내고정술'.

손은 퉁퉁 부었고 고통을 느끼면서 병실에서 하룻밤을 지나고 이튿날 수술을 하였다. 다인실을 선택하여 여러 환우들과 고충을 함께 소통하면서 익숙하지 못한 나의 병원 생활이 시작하였다.

누구에게나 병원 생활은 불편하다지만 통증이 너무 심하니 가해자 할머니를 고운 마음으로 보내드렸는데 괜히 원망스러웠다.

하루에도 수액, 진통제, 소염제, 혈압, 열 체크, 상처 부위에 소독 등 수고하는 의료진을 수시로 대하다 보니 하루하루 시간이 지나갔다.

환자와의 소통을 잘하기 위해 증상이나 통증을 덜어주는 것도 중요하지만 제대로 치료하려면 의료진과 많은 대화를 통해 정확하게 아는 것이 중요하지 않은지?

줄줄이 달고 다니는 수액 바늘을 가끔 제거하고 나면 손이 좀 자유스러움에 감사함을 느낄 수 있었다.

오늘도 남편의 도움을 받아 상처 부위에 치료를 받기 위하여 병원을 나섰다.

오른손을 다치고 보니 생활하는데 여간 불편한 것이 아니었다. 평소에도 남편의 배려配慮심이 감사하였는데, 몸이 불편한 상태에서 도움을 받으니 너무 감사한 마음이고 요즈음 내가 공주가 된 기분이다.

병원 입원 중에 캐나다 아들한테서 전화를 받고 큰 위로가 되었는데 손자·손녀가 예쁜 한복을 입고 설 세배 동영상을 보내왔을 때는 기쁨이 배가 되었다. 이런 복합적인 요소들이 나를 기쁘게 하였고 병원 생활에 큰 위로가 되었다고 생각한다.

나이가 들어가면서 골절이나 낙상으로 이어지는 경우가 많기 때문에 외출 시는 주의를 필요로 하지만 순간의 실수로 변을 당하고 보니 황당하기도 하였다.

앞으로 통깁스와 재활은 수술로 인해 손실된 근력과 신체의 기능을 회복하고 다시금 건강한 일상으로 돌아가기 위해 준비를 하는 과정을 거쳐야 잘 견디고 참아야 한다고 다짐을 해본다.

이토록 재활을 강조하는 것은 상처 부위에 회복도 중요하지만, 정상 컨디션 회복과 더불어 일상생활에 지장을 받지 않도록 하기 위해 진행하는 부분으로 근력, 관절의 움직임을 돌보는 것이라 한다.

수술한 지 3개월이 지났는데도 나는 여전히 재활 치료를 받으려 병원으로 통원한다. 언제쯤 손을 제대로 사용할지 조바심이 생긴다. 노년을 아름답게 잘 가꾸려면 먼저 건강관리를 잘하고 약물을 사용하는 인공 치료보다 음식 또는 운동을 통한 섭생에 유의하여 자연적으로 치유를 택하는 규칙적인 생활을 통해 일정하게 잠자는 시간과 매일 먹는 음식을 골고루 섭취하고 운동도 게을리하지 않아야 할 것이다. 스스로 노력하고 열심히 노력하여 건강한 체력과 아름다운 심성으로 곱게 물들어가는 가을의 노을처럼 멋진 노후를 동경한다.

의학의 아버지 히포크라테스가 말하는 건강을 이렇게 말하였다.

"음식은 곧 약이고, 약이 음식이다. 음식으로 고치지 못하는 병은, 약으로도 고치지 못한다. 우리의 먹는 것이 곧 우리의 몸이 된다. 음식은 약이 되기도 하지만 많이 먹으면 독이 되기도 한다."

허준의 동의보감에 나오는 건강법인데 약藥보다는 식食이 좋고 식보다는 행보行補가 낫다는 하루에 30분이나 1시간 정도 걸으면 가장 좋은 건 식후 걷기인데 건강을 위한 바른 생활 습관은 이제 현대인들에게 선택이 아닌 필수이다.

건강은 인류가 보편적으로 추구하는 가치라고 했다. 우리가 아무리 빠르다 늦다 해도 필 때가 되어야 봄꽃도 피는 것이 자연의 순리이고, 영혼을 살찌우는 밥상이 내 앞에 찾아온 복을 감사한 마음으로 맞아야 하는 것이 겸손이라 할 수 있다.

인생을 살다 보면 낙심할 때도 있고 포기하고 싶을 때도 있다. 인생의 성숙과 성공은 인내의 값을 치른 사람에게만 주어지는 귀중한 결실이라 한다.

이번 아픔을 통해 또 하나의 인생을 배우고 인내를 통해 삶은 성숙해지는 것을 터득하게 하였다.

서울 방문

밤잠을 설치고 광주 터미널에서 친구를 기다리고 있었다.

이른 새벽부터 고향에서 달려온 친구와 함께 서울행 버스에 몸을 싣고 고향 툇마루에 앉아 엄마를 기다리는 마음으로 친구를 만나려 길을 떠났다.

지난 토요일에 고향에 내려가 동창 모임을 가졌다. 한 친구가 동창 모임에 거금을 협찬하였다. '이 돈을 어떻게 사용할 것인가?'에 대한 안건이 있었다. 이 안건을 어떻게 처리할 것인지 의논차 형환이 친구와 함께 상경을 하였다.

고향 친구들이 서울로 상경할 것인지? 아니면 서울 친구들이 고향을 방문할 것인지?

2년 전 서울 친구들이 고향 친구들을 초대하여 만났던 그 기쁨의 잔상이 아직도 남아 있는데……. 팔십을 바라본 하얀 머리 주름진 손을 붙잡고 가슴을 뛰게 하였던 짧은 만남에 헤어질 때 우린 또 만나자고 했건만, 글쎄 언제쯤 만날까?

그러나 마음속으로 외쳤다. 우리는 꼭 만나야 해 그런데 우리는 2년 만에 또 만났다. 그동안 하나둘씩 세상을 등지고 살아서 만난다는 기쁨은 소중하였다. 서로의 머리를 맞대고 생각한 결론은 서울 친구들이 1박 2일로 10월경에 고향 방문을 하자는 안건으로 처리되었다.

내 고향 시냇가에서 벌거벗고 물장구치고 함께 했던 코흘리개 죽마고우 세월의 깊이만큼 주름진 얼굴과 삶의 연륜이 묻어나는 희끗희끗한 반백으로 변했지만, 옛날 개구쟁이 어린 시절의 순수한 모습은 추억을 만들고 있구나!

어찌나 정겹고 반가운지 그 기쁨은 어디 무엇에 비교할까?

삼삼오오 둘러앉아 죽마고우竹馬故友, 어린 시절로 빠져들어 추억의 환상으로 주름진 얼굴에도 사랑 꽃이 피어나 환한 미소가 번진다. 이 장면을 놓칠세라 스마트폰에 담기에 친구들의 손이 바빠진다.

만나고 싶은 생각은 늘 사모思慕하고 있으면서 나이가 들어가면서 모든 것이 여의치 않아 실천에 옮기지 못하였는데 더 늦기 전에 만나야 한다는 각오로 실행하기로 하였다.

대행 버스를 대여하면 여행경비가 많이 지출되는데, 인국이 친구가 차를 렌트하여 본인이 봉사하겠다 하여 많은 경비가 줄어들 것 같고, 형환이 친구는 고향으로 친구들이 내려오면 숙박宿泊을 제공하겠다고 하여 경비가 예상외로 절감될 것 같다.

형환이 친구 역시 음악을 전공한 낙천주의자로 얼마 전 귀촌을 하여 고향 집을 리모델링하고 멋진 생을 보내고 있다. 수십 년 전 고향 축제 때 본인이 작곡한 노래로 밤하늘을 울렸고, 기석이 친구는 밤하늘을 수놓는 화려한 불꽃놀이로 폭죽을 협조하였고, 재덕 친구 집에서는 밤새도록 하얀 밤을 지새우는 젊은 날에 잊을 수 없는 소중한 기억들….

인국 친구는 전국에 흩어져 있는 친구들을 집으로 초대하여 밤새도록 흥을 돋우며 고성방가 때문에 백차까지 왔다, 그러나 이웃 주민들에게 미리 양해를 구했다 하였더니 문제는 쉽게 해결하였다. 모든 일들이 이 멋진 친구들이 함께라서 우리들의 우정은 더 소중한 보물이 아닌가 생각한다.

끈끈한 우정으로 동창회 모임을 반석 위에 세워준 이미 고인이 된 득주 친구가 많이 보고 싶고 그리워진다.

한 친구라도 더 찾아내어 동창회 모임을 활성화하려고 가진 애를 쓰던 덕택으로 오늘에 모임으로 이어진 것으로 생각한다.

득주 친구여! 하늘나라에서 편히 쉬고 계신가?

이제는 젊음도 흘러가는 세월 속으로 묻어 버리고, 추억 속에 그리움 너머로 보고 싶던 얼굴도 하나둘 사라져 간다. 숨 막히도록 바쁘게 살았는데, 어느 사이에 황혼이 흘러가는 세월에 휘감겨서 다가오고 있다. 먼저 간 친구들은 부디 영면하시고…….

또다시 만나자고 약속하였지만, 친구들이 건강한 모습으로 이 약속이 쉽게 이루어질까 하는 의구심도 든다?

그러나 우리는 꼭 만나야 한다.

친구들 부디 건강하시게…….

친구와 나는 기쁜 소식을 가지고 늦은 시간에 광주 터미널에 도착하였다. 친구를 고향으로 잘 가라고 배웅을 하고 나는 외친다. 간절히 원하면 이루어진다더니 10월에 다시 만날 친구들을 생각하니 내 마음은 벌써 10월에 도착하여 있었다.

어려울 때 도움받은 금융기관

아이들의 꿈을 키우는 터전 어린이집을 운영하던 중 사회복지 법인과 민간 어린이집 2개를 운영한 후배가 박사 학위를 취득하여 대학으로 간다고 갑자기 나에게 어린이집 인수를 하면 어떠냐고 의뢰를 받았다.

계획에 없었던 일이라 황당하였다. 그러나 그 기회를 놓치고 싶지 않았다. 고민만 할 것이 아니라 평소에 이용했던 제2 금융기관으로 상담하려 방문하였다. 상당히 큰 액수인데도 대출을 도와주겠다. 하여 어린이집을 인수하기로 결심하였다. 지금도 생각하면 나의 꿈을 이룰 수 있도록 도움을 준 금융기관에 감사를 잊지 않고 있다.

어린이집의 이용 대상은 보육이 필요한 초등학교 취학 전 7세 미만 영유아를 원칙으로 한다. 어린이집의 개념 및 종류는 국공립어린이집, 사회복지법인어린이집, 민간어린이집, 직장어린이집, 가정 어린이집 등이 있다.

국공립어린이집은 국가와 지방자치단체가 운영하는 어린이집을 말한 것이고, 사회복지법인 어린이집은 나라에서 인정되며 국공립처럼 운영하는 비영리기관이다.

관할 시장·군수 또는 구청장에게 사전에 인가 신청하여야 한다. 어린이집은 국가로부터 지원을 받은 대신 국공립, 사립 상관없이 자치단체장의 지도·감독을 받는다.

내가 운영할 어린이집은 사회복지법인과 관인어린이집에 속한 것이지만 다행히도 영재어린이집 기관으로 원장과 취사부의 월급은 100% 지원을 받고 교사들에게 80%를 혜택을 받을 수 있는 기관이다. 상대적으로 투명하고 양질의 교육을 제공할 것이라는 기대가 있어 학부모들이 선호하는 보육 시설이다.

관할 구청에다 연간 운영계획안. 월간 계획안을 세부적으로 작성하여 보고하여야 하고, 몇십 명의 교사와 직원들의 관리는 쉽지 않은 일이었다.

그동안 어린이집을 운영하면서 보람 있고 행복했던 일도 있었지만 힘든 일들도 많았다. 그러나 지난 시간들을 돌이켜보면 한 순간도 감사하지 않은 날이 없었고, 아이들과 함께했던 일들이 보람이고 행복이었다.

교육은 백년지대계라고 한다. 그만큼 세상 무엇과도 바꿀 수 없는 중요한 분야고, 더욱이 아직 가치관이나 인성 등 정신적으로나, 육체적으로 성장의 첫 단계라 할 수 있는 유아교육은 교사의 자질이 중요하다고 할 수 있다.

교사들과 함께 미래에 대한 무한한 가능성을 지닌 아이들에게 유아기는 가치관의 형성은 물론 다양한 경험을 통해 자신의 잠재된 능력을 발견할 수 있도록 아이들의 눈높이에서 함께 세상을 바라볼 수 있기 때문이다.

선생님이 행복하면 교육에 질이 달라지듯이 아이들에게 양질의 교육 환경을 위하여 유능한 경력직 확보에 중점을 두어야 했다.

취학 전 유아기는 첫째는 안전이 최고 다음은 먹거리, 다음이 보육과 교육이라 할 수 있다.

어린이집에 등원하면 자유 놀이로 시작하여 아이들이 안전하게 놀이할 수 있도록 주의 깊게 관찰하며 유아들에게 있어 놀이가 가장 중요한 발달의 요소이기에 놀이를 통해 정서적 성장에 핵심적 매개가 되고 한 인생의 기초를 형성하는 이 시기에 얼마나 중요한 역할을 하고, 놀이는 언어, 인지, 정서 조절과 사회적 발달시키는 가장 적합한 학습 수단이므로 적극적으로 유아들에게 놀이할 수 있도록 창의성을 격려하며 칭찬으로 하루를 시작한다. 자유 놀이가 끝나면 간식 시간으로 이어진다. 성장기 영유아들의 건강한 신체 발달을 돕기 위해 양질의 먹거리를 제철 식자재를 이용하여 조리사가 직접 조리한 급식과 간식을 올바른 식단으로 하여야 한다.

연간 계획을 세워 오리엔테이션을 비롯하여 먼저 학부모 교육과 아이들과 함께하는 참관 교육도 한다. 학부모님에게는 우리 아이를 안전하게 믿고 맡길 수 있는 곳이어야 하고 아이에게는 즐겁고 행복하게 머무는 곳이므로 학부모의 참관 교육은 필수로 하고 있다.

아이들은 언어는 부족하지만, 상상력은 뛰어나서 자신이 생각하는 것을 말로 표현하기에는 한계가 있다. 그래서 아동미술을 통해, 내면을 겉으로 표현하고 손과 눈의 협응력을 기르고, 특히 소근육 발달로 두뇌활동에도 많은 도움이 되기 때문에 자주 접하게 한다. 생일잔치는 아이들에게는 큰 기쁨의 시간이다. 케이크보다 치킨을 가장 좋아하는 아이들이 손꼽아 기다리는 날이기도 하다. 그날은 어린이집 잔칫날이며 서로의 선물을 주고받으며, 찰칵 사진으로 추억을 남긴다.

견학은 병원이나 교통안전 실습으로 한다. 교통안전 교육은 어린이에게 중요한 교육이라 할 수 있다. 여름에는 물놀이 캠핑을 즐기며 가을에는 운동회 겨울엔 가족 친지 모두를 초대하여 재롱잔치가 열린다. 그동안 넓은 강당에서 아이들의 대근육 운동 프로그램인 국악, 태권도, 발레, 유아체육 등을 이용하는 강당에서

잔치 마당이 열린다. 아이들은 잘하는 것 보다는 실수하는 것이 웃음바다가 되고 박수갈채까지 동반한다.

이렇게 1년 과정을 마무리하는 과정에서 사랑스러운 아이들과 희비가 엇갈린 일들이 주마등처럼 머리를 스친다.

교실 안에서 의자를 가지고 놀던 아이가 자지러지게 울음을 터뜨려 달려가 보았더니 다리를 다친 것 같았다. 학부모님께 알리고 속히 병원으로 이송하여 진료를 받았는데 의사의 말이 다리를 좀 다친 것 같은데 깁스를 할거냐고 하여 그렇게 하라고 하였다.

깁스를 마치고 처방까지 받아 귀가 조치를 하고 어린이집으로 도착하였는데 학부모님께 전화가 왔다. 처방전 약을 차에다 두고 내렸다 하였다. 약을 돌려주기 위하여 아이 집에 도착하였더니, 깁스하는 아이가 깁스를 풀고 나를 보고 원장님하고 달려온 것이었다. 나는 반가우면서도 마음 한편에 허전함을 느꼈다.

또 한 사례는 어린이집에서 이빨을 다쳤다고 하여 치과 가서 엑스레이를 찍어 분석하였더니 의사의 말이 유치 갈이 할 때가 되어 이가 흔들린다고 하였다. 치료비를 내가 계산하였더니 원장님이 낼 돈이 아니라고 학부모님에게 치료비를 계산하게 하였다. 6, 7세가 되면 유치 갈이 할 시기이기도 하지만, 그 인연으로 지금도 그 치과를 이용하고 있다.

겨울이 되면 눈썰매 타기를 좋아하는 아이들을 위해 썰매장을 갔다. 실컷 썰매를 즐긴 다음 돈가스는 아이들에겐 최고 음식이다. 식당 안 바닥 타일이 미끄럽기 때문에 가만히 앉아 있으면 돈가스를 가져다줄 테니 기다려 달려고 말하였는데도 그중 개구쟁이 아이는 뛰어다니다가 타일에 부딪혀 그만 이가 깨져 버린 일도 있다. 그 연령대는 단 5분도 기다리는 것이 힘든 시기라서 그런 걸 예비하기 위하여 유아 교육 보험을 준비하는 것을 원칙으로 한다.

그 외에도 조그마한 사건 사고는 비일비재하기 때문에 치과나 외과 병원은 지정해 놓고 도움을 받곤 하였다. 잊을 수 없는 또 하나의 추억이 감동으로 다가온다.

지난 2004년 4월 28일 광주 지하철 1호선이 개통되었으며, 그 개통 기념으로 광주도시철도공사로부터 금남로 4가 역사 벽에 미술품 전시를 해 달라고 청탁을 받았다. 그렇게 하여 우리 어린이 집 아이들이 금남로 4가 역사 벽에 미술 전시회를 열게 되었으며 금남로4가 지하철역의 그림을 전시할 공간을 제공해 주었다.

아이들은 철도 공사로부터 크레파스와 스케치북을 제공받아 고사리 같은 손으로 저마다 다양한 색깔로 하얀 백지를 채워 나갈 때 귀엽고 그 진지함이 사랑스러웠다. 각자의 솜씨를 자랑한 아이들의 그림은 역사 벽에 부착하였는데, 아이들은 자기 그림이 많은 사람이 오가는 지하철역 넓은 곳에 전시되었을 때 너무 기뻐하고 즐거워하는 모습은 지금도 생생한 모습으로 다가오고 있다. 철도 공사로부터 우리 아이들에게 수고 많이 하였다고, 기차 여행을 시켜 주었는데, 참으로 의미 있는 즐거운 시간이었다. 지금도 20년이 지난 우리 아이들과 함께했던 그 추억들을 잊을 수 없고 그리워진다.

이제 모든 걸 회고해 보니 아이들의 성장 과정에서 함께 했던 아름다운 추억들이 내 인생의 펼쳐질 역사와 기록으로 남아있다.

코흘리개 아이들이 엄마 손을 잡고 입학식이 엊그제 같은데 그동안 하루하루 다르게 의젓하게 변화된 모습으로 훌쩍 자란 7세 아이들은 졸업을 앞두고 있다.

7세가 된 아이들은 한글 활동을 하고, 2학기부터는 초등학교 학습에 대비하기 위해 띄어쓰기, 간단한 글짓기 등 초등학교에서 지켜야 할 규칙과 새로운 환경에서 잘 적응하기 위해 지도한다. 졸업은 또 하나의 시작과 희망이 이루어진다지만 해마다 졸업은 언제나 섭섭하고 아쉬움으로 남는 것은 어쩔 수 없다.

나의 천직인 어린이집을 접고 문학을 접하게 되었고, 그동안 나에게 꿈을 이루게 하여준 금융기관에 나의 창간집을 가지고 방문하였다.

수십 년이 지난 지금은 엄청난 기업으로 발전하였고, 가족처럼 반기는 그곳은 친정집을 찾은 기분이다. 이렇게 성장하는 비결은 탁월한 업무능력과 추진력으로 이사장의 남다른 이념과 직원에게 대하는 배려는 항상 웃는 얼굴로 친절하고 성실함이 직원들의 노고에 대가가 아닌가 생각한다. 출간을 축하한다면서 이사장님은 나에게 축하금을 안겨주었다.

1979년 창립하여 2023년까지 매년 열리는 이사회 모임을 바쁘다는 핑계로 참석한 적이 없었다. 처음으로 참석한 이사회 모임은 전남대학 대강당에 500명 좌석이 발 디딜 틈 없이 꽉 차 있는 인파는 정말 놀라웠다. 다양한 사회공헌사업과 지역 나눔으로 앞장선 이옥규 이사장님은 안정적 경영과 우수한 성과를 보이며 광주·전남지역 신협 종합 경영 평가에서 대상을 차지하고 전국 경영 평가서도 우수상 2관왕 영예 쾌거를 이뤘다.

어르신들의 무병장수와 행복한 노후생활을 기원하며 장수 사진 촬영 및 의료비 지원(만 65세 이상) 행사도 진행하는 등 사회에 나눔 활동을 하며, 한편 지역 아동과 지역민을 위한 다양한 사회 공헌사업을 펼치고 장학사업의 건강한 학교생활을 통해 아이들이 꿈을 펼치도록 책가방을 지원하고 아동·청소년에게 경제적 지식을 전수해 따뜻한 금융을 실현하기도 한다.

이 밖에도 교회·성당 등 사랑의 쌀을 기탁하고 있으며 사랑의 김장 나눔 행사를 열어 취약계층 등 도움이 필요한 곳에 따뜻함을 나누며 함께하는 세상을 만들기에 앞장서고 있다.

어려울 때 큰 도움을 받았고 남다른 애정이 있기에 팔십을 바라본 나는 지금도 여유가 생기면 친정집 가는 기쁜 마음으로 찾아가 정기 예탁과 적금으로 인연으로 이어지고 있다.

요즈음처럼 주차하기가 어려울 때 그 근처 일을 보러 갈 때도 마음 놓고 주차하고 오가는 길에도 내 집처럼 들어가서 차도 한 잔씩 하기도 하면서 포근한 어머니 품속 같은 곳이다.

내 가슴을 뛰게 하고 천진난만한 아이들과 웃음꽃이 피어 나가는 꿈이 있던 곳 미래를 키우는 하얀 백지 위에 세상을 느끼고 했던 나의 삶을 더욱 풍요롭게 만들어 준 어린이집은 이제는 저출산으로 폐업하고 출산율 감소로 내리막길을 걷고 있고, 출산율 하락으로 국가의 미래가 흔들리고 있다.

교육인으로서 사명감과 책임감을 느끼게 하고 심히 가슴 아픈 일이다. 이제 출산율 저하는 개인의 문제가 아닌 사회적, 국가적 문제이다. 이에 따라 기업과 정부는 적극적 아이 낳기 좋은 세상으로 다양한 출산장려정책을 선보여 아이들의 웃음소리가 전국에 울려 퍼지길 기대한다. 그리하여 인간다움을 추구하면서 가정을 꾸리고 진정한 행복을 추구하고 서로 신뢰하는 사회를 이루어 가길 희망한다.

윈석이와의 추억

싱그런 봄 햇살을 받으며 할아버지와 할머니 손을 잡고 귀여운 아이가 우리 어린이집을 방문하였다.

아이는 해맑은 미소와 피부가 무척 곱고 겉보기에는 비장애인과 차이가 나타나지 않고, 별다른 문제가 없는 듯 보였지만, 조부모님과 상담하는 도중에 가만히 앉아 있지를 못하고 심한 행동장애로 이 아이의 성격을 짐작할 수 있었다.

아이는 지능지수가 50~70 미만으로 지적장애가 있어 인지능력과 상황판단, 대처 능력이 부족하여 사회성이 낮은 언어능력이나 인지능력이 낮은 아이였다.

할아버지는 아이의 장애 등급을 발급받아 서류를 지참하셨고 손자에 대한 교육에 지대한 관심을 보이고 있었다. 아이는 장애인복지법 지능지수 IQ에 따라 3급 수준이었다.

그러나 일상생활과 사회생활에서 독립적이고 책임 있는 역할을 수행하기 어려운 일이지만, 그러나 단순 업무는 독립적으로 가능한 수준이라 말할 수 있다.

당시 보건복지부에서 장애인과 비장애인의 통합교육이 가능하였기에 입학을 허락하였지만…….

지금은 사회복지제도가 잘 되어 장애를 가진 아이들은 국가로부터 지원금을 지급받고 특수교육을 받는 교사로부터 교육을 받을 수 있다. 그러나 그 시절에는 환경도 열악한 데다 장애인과 비장애인과 함께 통합교육을 해야만 했기에 담임 선생님의 많은 도움이 필요했다.

매년 4월 20일 장애인의 날은 국민의 장애인에 대한 이해를 깊게 하고, 장애인의 재활 의욕을 고취하기 위한 목적으로 제정된 기념일이다.

지금은 장애 전담 어린이집이 설립되었지만, 그 당시는 비장애인과 함께 통합 교육을 하여야만 했다.

우리나라 최초의 시각 장애인 故 강영우 박사는 한국인 최초로 미국 대통령 정책 차관보로 대한민국 정부로부터 국민상 무궁화장을 추서 받았다. 어떤 절망과 역경에도 포기하지 않았던 그는 2012년 2월 23일 향년 68세의 나이로 세상을 떠났지만, 전 재산을 국제로터리 재단 평화센터에 평화 장학금으로 기부하였다.

장애인들의 목소리를 대변하고 권리를 신장시키기 위한 고인의 숭고한 불굴의 도전 정신, 헌신은 전 세계 많은 사람들에게 울림을 주고 희망이 되어 주었다

"나는 귀와 눈과 혀를 빼앗겼지만, 내 영혼을 잃지 않았기에, 그 모든 것을 가진 것이나 마찬가지입니다."

보지도, 듣지도, 말하지도 못했던 헬렌 켈러는 전 생애 맹, 농아를 위해서 헌신, 희망을 전해 주었고, 사회 복지를 위해서 생애를 바친 그녀는 그 때문에 '기적의 사람'이라고 불렸다.

그는 삼중고의 장애를 가졌으나 본다는 것은 가장 큰 축복이다. 장애는 불편하다. 그러나 불행하지는 않았다는 유명한 말을 남겼다.

또한 장애가 축복이라고 말했던 천체물리학자 스티븐 호킹 박사는 21세의 나이에 루게릭병에 걸려 불과 1~2년 안에 사망할

것이란 진단을 받았다. 그는 루게릭병 선고 후에도 55년을 생존하며 연구를 이어가다가 2018년 3월 76세를 일기로 별세했다.

우주를 연구한 천체물리학자 스티븐 호킹은 사지가 마비돼 갔지만 물리학 연구에도 큰 족적을 남겼다.

전신마비에 이어 말조차 할 수 없게 된 그는 시한부 인생을 선고받고도 좌절하지 않고 휠체어에 몸을 의지한 채 심한 장애에 갇혀 있는 학자가 무슨 재주로 책을 썼을까?

별의 탄생과 우주 근원을 추구해 왔던 천체물리학자 스티븐 호킹 박사를 그를 가리켜 별이 태어난 날, 별로 돌아갔다 했으며 영국 정부는 호킹 박사의 그 위대한 업적으로 유해를 영국 왕족이 잠들어 있는 웨스트민스터 사원에 안치하였다.

선천적인 장애 문화적인 장애 때문에 좌절하지 않고 극복하여 사회에 기여하는 훌륭한 사람들이 존경스럽기도 하다.

지금쯤은 우리 원석이는 어떤 모습으로 변해 가고 있을까? 궁금하지만, 원석이는 비록 장애를 가졌지만, 조부모님의 사랑 속에서 잘 성장했으리라 믿는다.

할아버지는 담임 선생님과 매일 같이 학습 카드를 주고받으며 아이의 학습 능력을 관찰하고 계셨다. 할머니는 뛰어난 미모와 지성을 겸비한 분이었지만 심장병을 앓고 계셨고, 신경이 날카로워서 주위가 산만한 손자에게 말보다는 물리적인 것이 먼저였다.

나는 동화책 한 질을 준비하여 아이 집을 방문하였다. 나이는 6세지만 아이 지능에 맞게 책을 준비하였다. 나를 무척 따랐던 아이는 원장님이 왔다고 가만히 있지 못하고 그만 주스 잔을 넘어뜨리고 말았다.

할머니는 손자 등에 파리채로 스매싱을 하였다. 무척 민망스러운 장면이었다.

그러나 할머니로서는 말로서는 아이한테 설득이 안가니 몸은 아프고 바로 제지할 수 있는 것은 파리채가 먼저일 것으로 생각했을 것이다. 이러한 관계로 아이의 가족과 더욱 가까워지고 아이에 대한 관심이 깊어지면서 관찰하게 되었다.

어느 날 백화점에 가는 길에 아이를 만났다. 아이는 김밥이 먹고 싶다고 하여 김밥을 사주었더니, 어린이집에 와서는 원장님이 김밥을 사주었다고 얼마나 자랑을 하는지, 아마 아이에게는 큰 자랑거리였던 것이다.

주의력결핍 과잉행동장애로 주위가 산만한 아이지만 다행히 어린이집 오는 것을 즐기면서 잘 적응하고 있었다. 집중력이 약하고 감정을 억제하지 못하여 학습 능력은 떨어지지만, 친구들을 좋아하니 어린이집에 오는 날은 신나는 하루하루였다.

어느 날 아이 엄마가 어린이집을 방문하였다. 서로의 성격 차이로 남편과 이혼하였던 상태였다. 시아버지의 사랑을 많이 받았던 아이의 엄마는 아들을 직접 보는 것은 시아버지께 죄송스럽다며 놀이터에서 아이가 놀고 있는 모습을 보면서 하염없는 눈물을 쏟았다.

해마다 졸업 때가 되면 아이들의 사진을 찍어 키링으로 만들어 깜짝 이벤트를 해주며 아이들이 즐거워했다. 원석이 엄마에게 아들의 얼굴이 담긴 키링고리를 선물을 하였더니 흡족한 모습이었다.

어느덧 아이가 7세가 되어 어린이집을 졸업하게 되었다. 7세가 되면 초등학교를 입학하여야 하는데 할아버지께서는 손자를 일년을 더 교육하게 해 달라고 부탁하였다.

아이가 입학할 연령이 되어도 미숙한 상태면 정부에서 입학을 연장해 준다. 그리하여 아이는 일 년 더 교육을 받고 다음 해에 초등학교를 입학하였다.

일반 아이보다 인지능력이 부족한 손자에게 할아버지의 돌봄은 건널목을 건너서 등교를 시키고 또한 하교 때 되면 어디로 튈지 모르니 데리로 가야만 하니 하루하루 무척 힘든 일상이 되었다. 할아버지께서는 금지옥엽金枝玉葉 소중한 손자였기에 노심초사 마음의 고생은 많았지만, 하루하루가 보람된 나날이 되었으리라 생각한다.

1학기가 지나고 2학기가 되면서 가을 운동회가 되어 아이의 아버지가 참석하였다. 운동회가 진행하는 도중에 아이가 보이지 않아 찾아보았더니 뜻밖에 문방구에서 아이스크림을 사 먹고 있는 아들을 발견하였다. 오랜만에 보는 아들에게 용돈을 주었더니 운동회는 관심이 없고 아이스크림이 먹고 싶었던 것이다.

할아버지는 나에게 성인군자聖人君子라는 이름을 붙여 주었다. 그만한 믿음과 신뢰를 가지고 있는 할아버지의 말씀에 보답하고자 나는 열심히 교육에 임하였고 어린이집을 천직天職으로 알고 성심을 다하였다.

아이는 어린이집을 떠났지만, 할아버지는 아이의 일상을 종종 알려 주었다. 할아버지는 명문대를 수료하신 인재人才시며 매사 긍정적으로 누구에게나 소통을 잘하시는 어르신이기에 이미 수십 년 전 일인데 뵙고 싶은 마음에 그리움이 앞선다.

많은 세월이 흘러 이미 하늘나라에 가신 줄로 믿습니다만 살아생전 좋은 말씀으로 힘을 주셨던 어르신이라 아름다운 추억으로 간직하고 있다.

아이도 30세가 훨씬 지났을 텐데 어떤 모습으로 변해 가고 있는지 이미 오래된 일이지만 나에게는 6세 나이로 천진난만한 귀여운 아이로 남아 있고 내 마음으로 그리움으로 남아있다.

원석아 보고 싶다.

수소문하여 만나고 싶은데, 그 바람이 이루어질까?

풍요와 함께 다가온 위기

급격한 산업화로 인해 환경 오염된 플라스틱이 지구 환경 3대 위기 환경오염, 자연 파괴, 지구온난화, 기후변화 등 우리들의 삶의 터전인 지구에서 가장 우려되는 환경 문제는 지구온난화 시대로 생태계 파괴 미세먼지 및 바이러스 확산 등의 삶을 위협하는 문제에 직면하고 있다.

사람의 생명까지 앗아가는 현상 일회용 플라스틱 증가는 대기 오염뿐 아니라 해양오염 생태계를 위협하고 지구촌 환경을 악화시키고 있다.

바다로 흘러든 플라스틱 바닷속 동식물에게 피해를 주고 인간이 편리하자고 사용한 그 피해 500년이 지나도 썩지 않는 플라스틱 줄이고 전 세계 기후변화 환경보호 경각심 일회용품 사용 줄여서 하나뿐인 지구를 살리고 내일의 밝은 세상을 우리가 만들어 가야 한다.

고기에게 플라스틱을 먹이면 자식에게 독약을 먹이는 것과 같다. 무심코 버리는 플라스틱 바다를 오염시키고, 전 세계인이 미래세대를 위협하는 문제가 됐다. 고기에게는 맑은 물에서 살아갈 권리가 있고, 사람은 오염되지 않은 맑은 공기를 마실 권리가 있다.

플라스틱은 1868년 발명하여 일상생활 필수품처럼 사용했고, 플라스틱 과다 사용으로 1970년 6월 5일을 환경의 날로 정해 피해를 막으려고 세계인이 참여하자는 운동을 벌이고 있다.

1950년대 세계 곳곳에서 수질이 오염되고, 기후변화로 위험 수위에 이르게 되었으며 2024년 6월 5일, 환경의 날에 환경부 장관은 플라스틱은 '신의 눈물'이 될 처지라고 했다

일회용 플라스틱 사용을 줄이지 않으면 이로 인한 오염이 지구촌에 살아 숨 쉬는 모든 생명체를 위험에 빠뜨리게 될 것이다. 나 편하자고 아무 생각 없이 사용한 플라스틱은 자연뿐 아니라 인간에게도 살상 무기가 된다는 것을 우리는 알아야 한다. 지구가 무너지면 회복하기 어렵다. 환경을 오염시키는 플라스틱이 '신의 눈물'로 다가오기 전에 우리는 모두 각성하여야만 한다.

기후 위기에 처한 지구를 살리고 인류를 행복하게 할 수 있다며, 앞으로도 지속적인 활동으로 지구는 우리의 유일한 고향이며 우리는 그것을 지키고 보호해야 한다.

자연의 훼손으로 생태계가 망가지고 숲이 사라지고 인간의 탐욕으로 다가오는 기후 재앙 조상으로 물려받은 자연유산 후손에게 아름답게 물려 주어야 한다.

지금 당장 모든 오염 배출을 멈춘다고 해도 오염 물질은 갑자기 사라지지 않는다. 지구 곳곳에 우리가 그동안 배출한 오염 물질들이 잔류해 있다. 우리의 잘못이 카르마가 되어 우리의 삶을 위협하게 된다.

하루라도 빨리 지구온난화에 대한 효과적인 대책을 세우고, 많은 세계인이 지구온난화에 대한 관심과 경각심을 갖고 환경을 위해 노력해야 한다. 이기심만 추구했던 인간으로 인해 모든 것을 잃어가고 있는 지구온난화의 위험성을 알려준다.

인도네시아 열여섯 살 소녀 환경운동가 자연을 사랑하는 12살 때 니나는 생물학자인 아빠 엄마 현장 실습을 통해 플라스틱 쓰

레기가 산처럼 뒤덮인 폐기물 발생량 증가하니 세계 환경 문제를 알리기 위해 플라스틱 쓰레기를 멈춰달라며 세계 각국에 편지를 보낸다.

5년이 지나도 여전히 해결되지 않고 푸르던 논밭이 플라스틱 무덤으로 변하고 UN 기후변화협약 당사국총회에 초대되어 당당히 목소리를 내면서 플라스틱으로 오염된 지구와 우리의 후손들을 구하기 위해 저마다의 꿈을 담은 피켓과 티셔츠, 깃발 등을 들고 플라스틱 시대 근절을 위한 전 세계인들의 외침을 담아 외치고 있다.

오늘도 니나는 현장을 직접 찾아다니며 목소리를 높이고 세상을 바꾸고 있다.

산자락이 신음하며 지렁이가 몸살을 앓고 해수면이 물에 잠기며 지구가 신음한다. 간척사업 터널을 뚫고 뜨거워진 바다 지구촌 곳곳마다. 생태계가 중병으로 병들어 간다.

오염된 환경 지구를 살리고 자연을 보호하고 세상을 푸르게 변화시키는 블루밈으로 문화를 바꾸자는 청년들이 플로킹 캠페인을 벌이고 있다.

우리 삶을 지속시키는 자연을 훼손하는 것은 큰 문제이며, 자연은 조상으로부터 물려받은 것이 아니라 후손으로부터 잠시 빌려온 것이다.'라는 문제를 한 번쯤 깊이 고민해 봐야 할 것이다.

환경 문제를 너무 가볍게만 보는 경우가 많은데, 사실 환경파괴로 인해서 발생하는 경제적 손실은 천문학적이라고 한다. 선진국에서는 특히 환경 문제가 고려되는 일을 추진하려 한다면 계획을 세우고 문제점을 잡고 설계하는데 엄청난 시간과 노력을 쏟아붓지만 우리나라는 번갯불에 콩 볶듯 계획을 세우고 바로 공사를 시작하는 데 문제가 있다.

우리가 지구에서 지속 가능한 삶을 이루기 위해서는 모든 생명체에게 인간의 조금씩 더 양보하는 게 꼭 필요하다. 과거의 새만금 간척사업의 경우 갯벌 매립으로 거센 반발을 받으며, 순조롭게 진행되지 못하고 갈등과 대립으로 지역 주민들을 비롯하여 환경단체가 주장하는 새만금의 가장 큰 문제점은 자연환경의 파괴였다.

　큰 이유는 해양생태계뿐만 아니라 육상생태계까지 파괴하는 복합 환경오염 문제이고, 갯벌이 없으면 바닷물을 정화하지 못한다. 그래서 환경단체 대부분이 반대하는 세계 최대 환경파괴 사업이라고 국제환경협약에서도 목소리를 높였다.

　1991년 방조제 착공 이후 환경단체와 종교계, 중심으로 한 시위와 소송 등에 휘말리며 20년간의 대역사를 통해 33.9㎞에 달하는 세계 최장의 방조제를 2010년 4월 27일 마침내 방조제 준공을 맞게 되었다.

　갈등과 대립을 극복해 나가면서 녹색성장 시범 지역으로 환경친화적인 사업으로 추진되었고, 새만금은 2010년 8월 2일 기네스북에 등재되기도 하였다.

　생명을 지키자는 목소리는 외면당하고 결국엔 당장의 경제적 이익에 의해 인간 위주의 결정이 아쉬움으로 남는다. 그러나 자연을 보호하느냐 개발하느냐는 정답이 없는 어려운 문제이지만, 중요한 건 생태계 보전이 더 소중하다는 것을 많은 사람이 이해하여야 할 것 같다.

　우리의 결정은 인류가 공존할 것인지 공멸할 것인지를 문제가 될 것이다. 문제는 이런 상황에서 기후변화에 대처하지 못한다면 앞으로 인간의 행복이나 생태계, 경제는 위협받을 수밖에 없다고 전문가는 예고하고 있다.

이러한 환경에 심각성을 아는 청년들이 '블루밈'이라는 회사를 설립하였고, 그들은 적극적으로 환경을 지킬 수 있는 문화를 만들기 위해서 사회적 가치를 추구하는 기업을 만들었다.

블루밈은 '세상을 푸르게 변화시키는 문화'라는 환경캠페인으로 환경을 사랑하는 청년들이 시작한 단체이다.

환경운동의 시작이 자연을 사랑하고 숲과 지구를 아끼는 마음을 기반이 되어야 하는 것처럼, 사람과 인류를 사랑하는 마음이 있다면 더 좋은 세상과 사회로 나아가지 않을까 싶다.

지구는 수많은 생명이 함께 생물과 공존해 지속해서 존속할 공간인데 우리 삶을 지속시키는 자연을 훼손하는 대가를 치른 결과였다.

이런 문제에 대한 심각성을 느낀 청년들은 버려지는 쓰레기를 주워서 재활용 제품을 만들기도 하고, 또한 넘쳐나는 쓰레기로 병 든 바다와 지구 생태계, 자발적인 지구 살리기 운동으로 '비치코밍(beachcombing)'캠페인을 하고 있다.

'비치코밍'은 바다를 빗질하듯 바다 표류물이나 쓰레기를 줍는 행동을 의미한다. 전 세계적으로 '플라스틱 사용 줄이기' 운동을 민간단체, 공공기관, 지자체의 주도로 비치코밍 단체에서 하고 있지만, 이 상태가 지속될 경우 2050년에는 바다에 사는 물고기보다 플라스틱이 더 많아질 것이다." 세계경제포럼(WEF)에서 내놓은 보고서의 내용이다.

우리의 삶과 건강을 되찾는데 전 세계가 함께 노력을 기울여야 할 시대이며, 쓰레기는 잘 버리는 것도 중요하지만, 더 중요한 건 쓰레기 자체를 만들어내지 않는 것이 더 중요하다.

산업혁명과 경제성장의 이유로 자연 생태계 파괴를 아랑곳하지 않은 인류의 무분별한 생각 때문에 결국 인간의 건강과 환경, 경제 전반에 막대한 피해를 심각하게 위협받는 상황이 온 것이다.

우리의 삶의 터전인 지구 환경이 무너지면 인간 세상도 무너진다. 기후 위기는 일부를 고친다고 해결되지 않는다. 세상을 바꾸어야 해결할 수 있는 문제다.

　기후 위기로 인한 파멸의 원인과 대응 방안을 알고 있기 때문에 파멸이 일어나기 전에 우리의 선택이 중요하다. 이 모두가 사람들이 자연을 훼손시키는 결과이고 큰 재앙이 아닌가 생각한다.

　자연이 인간에게 보내는 경고 메시지이다.
　플라스틱 쓰레기로 몸살 앓는 바다를 삼킨다.
　우리들의 삶의 터전인 지구가 아프다.
　단 하나의 지구(Only One Earth)를 우리가 지켜야 한다.

문학은 우리가 사는 세상을 향기롭고 아름답게 하는 것이며 글을 쓰는 우리들은 언제나 마음은 청춘입니다. 글을 쓴다는 것은 날마다 즐거움과 행복을 함께하며 내 삶의 황금처럼 알알이 영글어 가는 가장 소중한 추억을 간직한 그리움을 담은 기록입니다. 글을 사랑하는 마음으로 생각하는 가치와 지혜를 글로 표현하고, 문학의 길로 한 걸음 한 걸음 디딤돌을 만들어 건너가는 심정으로 제3집을 여러분에게 선을 보이게 되었습니다.

사람은 곧 삶이고 삶은 곧 문학이며 문학은 우리의 영혼을 깨우치는 스승이라 하였습니다. 문학으로 여러분과 함께하여서 행복합니다. 열정적인 작품은 우리의 눈과 마음의 품격을 높여 줄 것이고, 자신의 생각을 담는 글을 써서 풍요로운 삶이 될 것이라 믿습니다.

유년의 추억들과 일상에서 소소한 것들을 이삭을 줍듯 한 글자한 글자 내겐 즐겁고 행복한 시간이었습니다. 일몰의 해가 일출의 해보다 더욱 아름답게 보이는 것은 남은 시간이 얼마 남지 않았기 때문이라 했던가요?

비록 부족한 작품이지만 문학을 사랑하는 여러분과 함께 오늘도 내일도 또 그렇게 달려갈 것입니다.

『황혼의 뜨락』 책을 내며
저자 김흥순

황혼의 뜨락 – 김흥순 세 번째 작품집

초판 1쇄 찍은 날 | 2024년 11월 08일
초판 1쇄 펴낸 날 | 2024년 11월 15일

지은이 | 김 흥 순
펴낸이 | 최 봉 석
디자인 | 정 일 기

펴낸곳 | 동산문학사
출판 등록 | 제611-82-66472호
주소 | 광주광역시 남구 대남대로 340, 4층(월산동)
전화 | (062)233-0803
팩스 | (062)233-0806
이메일 | dsmunhak@hanmail.net

값 15,000원

ISBN 979-11-94249-09-2 03810

※ 잘못된 책은 교환해 드립니다.